Einaudi. Stile

GW00792121

Giancarlo De Cataldo
Nell'ombra e nella luce

Einaudi

Edizione realizzata in collaborazione con
l'Ente editoriale dell'Arma dei Carabinieri
in occasione del Bicentenario dei Carabinieri.

ISBN 978-88-06-22184-3

Nell'ombra e nella luce

Il Corpo de' Carabinieri Reali è una forza istituita per invigilare la pubblica sicurezza, per assicurare nello interno dello Stato ed in campo presso le Regie Armate, la conservazione dell'ordine, o l'esecuzione delle leggi. Una vigilanza attiva, non interrotta, e repressiva, costituisce l'essenza del suo servizio.

Regolamento generale dei Carabinieri Reali,
Torino, 16 ottobre 1822, art. 1.

Non vi ha reato se l'imputato trovavasi in istato di assoluta imbecillità, di pazzia o di morboso furore quando commise l'azione, ovvero se vi fu tratto da una forza alla quale non poteva resistere.

Codice penale del Regno di Sardegna e Piemonte,
1839, art. 99.

Parte prima

1848. Primavera, estate

I

Mentre la gloriosa giornata volgeva al termine, Emiliano Mercalli di Saint-Just, giovane capitano dei carabinieri reali, non poteva sapere che, molto presto, il passato che da due anni cercava invano di rimuovere gli avrebbe presentato il conto, e si sarebbe ritrovato faccia a faccia con il suo peggiore incubo: il Diaul.

Accadde sul far del tramonto.

L'ufficiale austriaco che il capitano inseguiva da piú di dieci leghe, un maggiore dei cacciatori imperiali della brigata Wohlgemuth, passata una radura, era scomparso nel folto della macchia.

Piú oltre, se le carte militari non mentivano, doveva trovarsi il fiume Adige.

Emiliano si guardò intorno e accarezzò con la mano guantata la criniera di Morgante, il suo magnifico sauro di cinque anni. La bestia reagí con un moto nervoso della testa slanciata. Nessuno dei suoi uomini era in grado di mantenere il passo di quel cavallo eccezionale. Per questo aveva perso il contatto.

E si era ritrovato al centro di quella radura nuda, le prime ombre del vespro si andavano allungando e lui era solo.

Solo e allo scoperto, incerto se inoltrarsi.

Si passò una mano, con gesto involontario, sulla lunga cicatrice che gli deturpava la guancia sinistra. Non faceva niente per nasconderla, disdegnando, unico tra gli ufficiali del suo rango, barba e baffi. In fondo doveva a quello sfregio la fama di abile indagatore di oscuri delitti. E non solo. Le donne lo trovavano eccitante. Alto e bruno, occhi scuri, e anche la cicatrice. Naide amava accarezzarla, mormorando parole sconce.

Il ricordo del suo perduto grande amore era ancora vivo e bruciante. Perfino ora. Passare da un letto all'altro, nel momentaneo e sempre deludente appagamento dei sensi, non era servito a nulla.

Naide gli mancava in modo acuto, doloroso.

Un'inquietudine costante lo divorava.

Nell'illusione di placarla, si era lanciato con furia nella guerra. Durante la carica era stato in prima fila, al fianco di Negri di Sanfront. Aveva assalito da solo i cacciatori imperiali che tenevano l'ultima casa di Pastrengo, decimando con il loro fuoco implacabile i suoi compagni d'arme. E quando, conquistata la piazza, aveva visto l'ufficiale che comandava i cecchini darsi alla fuga, non ci aveva pensato due volte.

Aveva agito d'istinto. Ma non sempre l'istinto è la scelta giusta.

Il campo base dell'esercito austriaco era pericolosamente vicino.

Proseguire l'inseguimento significava finire in bocca al nemico.

Frugò nelle tasche dell'uniforme, pescò un mozzicone di sigaro, gli diede fuoco con l'acciarino, aspirò due boccate: avevano un buon sapore di vittoria.

La carica dei carabinieri reali era stata devastante. Gli austriaci erano in rotta. Pastrengo era stata presa. La sua parte di gloria l'aveva pure avuta. Rinunciare alla preda, date le circostanze, non era disonorevole.

Era sul punto di invertire la rotta quando risuonò un urlo acuto. Proveniva dal folto della macchia. Emiliano sfilò dal fodero la carabina e si preparò a fare fuoco.

Silenzio.

Poi un altro grido, piú tenue, quasi strozzato, seguito da un gorgoglio sinistro.

Nella radura spuntò l'ufficiale austriaco, a piedi.

Si reggeva la gola con le mani, barcollava.

Qualcuno doveva averlo ferito. Ma allora ciò significava che c'erano i suoi compagni piemontesi nei dintorni? Che avessero sfondato la linea dell'Adige?

L'ufficiale avanzava verso di lui: anche a quella distanza Emiliano poteva scorgerne i lineamenti sconvolti da un'espressione di terrore. Era come se quell'uomo volesse dirgli qualcosa. Qualcosa di tremendo.

Emiliano smontò da cavallo e si avviò verso di lui. Era un nemico, ma pur sempre un ufficiale, e per giunta superiore a lui per grado. Il codice cavalleresco, prima ancora delle leggi e dei regolamenti, imponeva di soccorrerlo.

Gli andò vicino, lo sorresse, lo adagiò contro un grosso sasso. Scostò delicatamente le mani dell'altro per controllare la ferita, e uno zampillo di sangue lo investí.

Gli avevano squarciato la gola. Un taglio netto, profondo, da lama affilata, non sembrava però un colpo di sciabola.

Era evidente che quel disgraziato ne aveva per poco. Emiliano non poteva fare niente per lui. Gli prese una mano, e cominciò a mormorare una preghiera sommessa. L'austriaco, con uno sforzo estremo, cercò di sollevarsi. Nei suoi occhi un panico che andava oltre la paura della morte. Con l'indice cosparso di sangue, indicava la macchia dalla quale poco prima era sbucato.

– Che cosa c'è là dentro? Che cosa avete visto?

L'ufficiale provò ad articolare una frase, poi, con l'ultimo sbocco di sangue, si abbatté, spento.

Emiliano gli chiuse gli occhi.

Dalla macchia si sentí risuonare una risata sconcia, oltraggiosa.

Morgante in risposta nitrí, inquieto.

Emiliano riconobbe quella risata. L'avrebbe riconosciuta in mezzo a mille. Un brivido di paura lo percorse. Non poteva essere. Lui era al sicuro, a chilometri e chilometri di distanza. Lui... eppure, quella ferita al collo dell'austriaco...

La risata tornò a echeggiare. Un uccello si levò in volo da un ramo alto, sul ciglio della macchia, lanciando un grido angosciato.

Le ombre del crepuscolo si allungavano sempre piú rapide. Presto l'oscurità sarebbe stata totale.

Ancora una volta, l'istinto ebbe la meglio sulla prudenza. Emliano mormorò una parola di scusa a Morgante, e col calcio della carabina sferzò il cavallo, spingendolo verso la macchia. Morgante partí al galoppo. Lui, a piedi, si precipitò verso l'estremità opposta: chiunque fosse stato all'interno della macchia, al rumore degli zoccoli avrebbe pensato di doversela vedere con un cavaliere al galoppo. E lui l'avrebbe colto di sorpresa.

Entrò nel folto e si gettò per terra. Avanzava strisciando. Un nitrito di Morgante, sulla sua sinistra. Avanzò ancora. Una piccola luce, confusa. Strisciò verso quella fonte. C'era uno spiazzo, di là da un aspro roveto. Era da lí che veniva la luce, l'ultima del giorno. Un altro nitrito, piú vicino. Scostò i rovi.

E lo vide.

Il Diaul.

Accanto a Morgante, apparentemente quieto.

Il Diaul, con il suo becco d'uccello, il lungo mantello nero, i capelli sciolti sulle spalle.

Brandiva un coltellaccio.

Ai suoi piedi, due corpi. Donne, in un lago di sangue.

Il Diaul armeggiava con una lama sulle carni.

Il Diaul era tornato.

Il passato presentava il suo conto. Ma a Emiliano si offriva, nel contempo, l'occasione per rimediare agli errori commessi.

Si accomodò su un fianco, prese la mira con cura.

– Lo so che ci sei. Ti ho sentito arrivare. Sono contento di rivederti, amico mio…

La sua voce, bassa, educata, terribile.

Emiliano fece fuoco. L'eco si disperse nella notte. Il Diaul era svanito. Rumore di passi in direzione della radura. Il Diaul cercava di scappare. Emiliano ricaricò, uscí allo scoperto. Si lanciò anche lui verso la radura.

Un colpo secco. Avvertí come una stilettata alla gamba, sangue si allargava sulla coscia, sopra la rotula. L'arma gli sfuggí dalle mani. Intuí le divise nemiche, percepí un comando gutturale.

Austriaci. Richiamati dallo sparo, dai rumori. La ferita bruciava. Emiliano alzò le mani.

– Sono il capitano Emiliano Mercalli di Saint-Just. Appartengo al corpo dei carabinieri reali. In base al codice di guerra, mi dichiaro vostro prigioniero.

Nessuna risposta dagli austriaci. Forse il suo tedesco approssimativo era stato male inteso?

– Sono il capitano...

– Voi non ufficiale. Voi assassino!

Gli austriaci erano raccolti intorno al corpo dell'ufficiale sgozzato. Emiliano comprese che lo avevano scambiato per il Diaul, e per un breve istante lo prese un'insensata voglia di ridere. Sí, davvero il passato presentava il conto.

– Ascoltate. L'uomo che ha ucciso il vostro ufficiale io lo conosco. È fuggito. Possiamo ancora...

Partí un ordine. Poi gli mancò il respiro. Una chiazza di sangue si andava allargando due dita sopra il cuore.

Emiliano crollò. Non ebbe il tempo di estrarre la piccola pistola «a luminello» che piú di una volta lo aveva tratto dai guai. Ma lo pensò quasi come un pensiero lontano e futile: che avrebbe potuto contro i fucili?

Un alto nitrito di Morgante, ancora piú angosciato, salutò, come in un picchetto d'onore, la sua caduta.

II.

– Ricordate qualcosa, Emiliano?

Cercò d'istinto di portare la mano alla visiera, ma lo sforzo, eccessivo, gli strappò un gemito di sofferenza. Tornò ad abbattersi sul giaciglio che trasudava disinfettante, laudano, sudore rancido.

Il cipiglio di Alessandro Negri di Sanfront, comandante delle truppe sul campo, si sciolse in un sorriso benevolo.

– Non sforzatevi. Avremo tempo. Siete stato per molti giorni fra la vita e la morte. I medici vi hanno sentito gridare. Pronunciavate parole senza senso... c'è chi giura di avervi sentito delirare di fantasmi.

Negri fece un cenno, come a dire: «Non ha importanza».

– Be', ormai siete fuori pericolo, – lo confortò, – ci sarà qualche... complicazione, ma niente che non si possa risolvere.

– Dove... dove ci troviamo?

– Siamo a Sommacampagna. In attesa, per il momento, – sospirò Negri.

– Mi dispiace, signor comandante. Temo di aver contravvenuto agli ordini. Mi sono spinto troppo oltre, e...

– Perdio! – ruggí Negri. – Piantatela! Voi vi siete comportato come meglio non potevate. Vi ho già proposto per una medaglia. È che non posso dire lo stesso di altri.

Quest'ultima battuta, Negri la pronunciò con un tono piú basso. Impastato di rabbia a stento trattenuta da un rispetto piú imposto che condiviso.

– Pastrengo?

– A Pastrengo si è vinto e noialtri ci siamo coperti di gloria! Perdio, fuggivano come conigli, gli austriaci! Avreste dovuto vederli... Scusate, dimentico quasi che c'eravate... L'avete ben visto. E vi si è notato, credetemi, in altissimo loco. No, i guai sono venuti dopo, mio caro amico.

– Un contrattacco?

– Diciamo che i nostri generali non hanno saputo approfittare del momento. Ma avremo modo di parlarne. Ora badate a riprendervi. Non è da tutti ciò che avete fatto, mio giovane amico.

Quando, quasi un mese dopo, Emiliano fece la sua ricomparsa, emergendo pallido e zoppicante dal suo alloggio di convalescente, in cerca di Negri di Sanfort, nella tenda dello stato maggiore fu salutato da un sincero applauso.

– Ecco l'eroe di Pian del Co'!

Gli offrirono un liquore forte, che faticò a deglutire. Negri lo portò a esempio del valore dei carabinieri.

– Ancorché ferito per ben due volte, ha tenuto testa a un'intera squadra austriaca, signori. E non parlo di soldati qualsiasi, ma dell'eccellenza dei cacciatori imperiali. Sul terreno sono rimasti due nemici! Avreste potuto arrendervi, ma avete ingaggiato battaglia, e cosí facendo avete scelto l'onore. Perdio, siete il vanto dei carabinieri reali, Saint-Just! Abile nel risolvere intricati casi criminali e valoroso sul campo di battaglia. E quella trovata... darvi per morto, attendere che i nemici si portassero via i loro caduti e poi rimontare a cavallo e tornare fra noi. Legato alla sella. E, guardate, quando è tornato al nostro campo stringeva ancora questa sua pistola. Riprendetevela, Saint-Just. Che cosa pensavate di farne? Spararvi, piuttosto che cadere prigioniero? Se è cosí, dovremmo punirvi per eccesso di zelo, – concluse Negri, provocando una risata generale.

Emiliano accarezzò la pistola «a luminello», la intascò, reagí con un sorriso mite. Nessuno sapeva come erano andate le cose. Nemmeno lui stesso. Davvero con quella piccola pistola aveva fermato gli austriaci? Era davvero rimontato a cavallo, nonostante le ferite? Aveva avuto la forza per legarsi alla sella e tornare all'accampamento? E il Diaul? Che ruolo aveva avuto in tutto questo? Aveva davvero ucciso le due donne e l'ufficiale, o si era trattato solo di un delirio? Un delirio magari dovuto alle ferite? Ma lui era stato ferito dopo averlo visto, e dunque... Forse Negri, che gli si mostrava cosí amico, l'avrebbe aiutato a ricostruire? Ma poteva fidarsi di lui? Se avesse rivelato il sospetto che prendeva corpo dentro di lui, non lo avrebbero giudicato pazzo? Doveva finire i suoi giorni rinchiuso, come... come il Diaul?

Era ancora alle prese con liquori e complimenti quando, in mezzo a un gruppo di alti ufficiali, fece la sua comparsa Carlo Alberto. Tutti s'irrigidirono nel saluto. Emiliano perse l'appoggio della stampella, riuscí a stento a restare eretto. Il re gli sorrise, lo chiamò «mio bravo», lo invitò a restare e partecipare al consiglio. Lui ebbe la forza e l'imprudenza di opporsi: il suo grado non gli permette di assistere, gli sia concesso di ritirarsi.

– Da oggi voi fate parte dello stato maggiore, – proclamò il re, con un tono che non ammetteva repliche.

Negri gli batté sulla spalla, in segno di benvenuto. Emiliano avrebbe voluto protestare per quell'onore immeritato, ma un'invincibile indolenza lo possedeva. Forse era la febbre che risaliva, forse, in quella maledetta radura, un fantasma sin troppo reale si era impossessato della sua anima. Si sistemò in un cantuccio, sforzandosi di assumere l'aria compunta del neofita.

Carlo Alberto ascoltava pensoso i generali. C'era qualcosa di sottinteso, un che di implicito che trapelava tra le frasi di circostanza sull'andamento ondivago delle campagne. Un sordo, ostile rumore intessuto di un'irritazione il cui senso gli sfuggiva.

Tutto si fece chiaro quando, infine, Negri si decise a vuotare il sacco. Erano a due passi dall'alloggio precario che era stato assegnato a Emiliano dopo le dimissioni dall'ospedale da campo. Negri aveva insistito per accompagnarlo. I due si stavano dividendo un sigaro. Negri afferrò Emiliano per un braccio. I suoi occhi erano iniettati di sangue.

– Ma io c'ero, c'ero, ero con Carlo Alberto quando alle diciotto in punto si è piantato nel cuore della piazza di Pastrengo e ha detto: *pour aujourd'hui je n'ai assez!* E noi, bravi soldati obbedienti, ci siamo fermati. E con noi si è fermata la guerra. Forse, amico mio, per sempre.

Negri si era confidato con lui, aprendosi come nessuno avrebbe osato. Un ufficiale che critica il suo re non è cosa di poco conto. Negri lo aveva reso depositario di un segreto scottante. Emiliano decise di fidarsi di quell'uomo leale e valoroso.

– Maggiore, in queste settimane, mentre io ero ferito, è successo qualche fatto strano?

– Strano? In che senso «strano», scusate?

– Intendo dire, qualche fatto violento che non necessariamente va ricondotto alla guerra? Che non si può necessariamente ricondurre alla guerra?

– Non vi capisco, amico mio. Non potreste essere piú chiaro?

– Fatti come... scomparsa di donne, corpi che presentano ferite particolari...

– In guerra può accadere di tutto, capitano, ma per quanto mi riguarda... Si può sapere dove volete andare a parare?

– Io, signor maggiore, credo... credo di aver visto il Diaul.

Negri esplose in una sonora risata.

– Ma *boja fauss*, ragazzo mio! Lo si vede tutti i giorni in guerra, il Diaul.

– *Quel* Diaul, signore.

Piano piano la comprensione si fece strada nel maggiore Negri.

– Ne siete certo, Saint-Just?

– Temo di sí, signore.

– Il Diaul, se non erro, è al regio manicomio. E voi dovreste saperlo meglio di chiunque.

– Potrebbe essere evaso.

– E non l'avremmo saputo?

– Con la guerra di mezzo, può essere accaduto che la comunicazione sia andata perduta.

– Manderò immediatamente un corriere a Torino.

Due giorni dopo questo colloquio, Negri di Sanfront convocò Emiliano nella tenda del quartier generale e gli mostrò il dispaccio da Torino.

– Il Diaul è tuttora ristretto presso il regio manicomio, nel reparto degli alienati furiosi. Non si è mai mosso da lí. Vi siete convinto, finalmente?

– Non so che dire, signore. L'ho visto con questi occhi. E prima di essere ferito.

– Alle volte, in circostanze del tutto peculiari, accade che la nostra immaginazione giochi dei brutti scherzi. Vi consiglio vivamente di dimenticare tutta questa faccenda. Siete un eroe, comportatevi come tale. Godetevi il riposo. Piuttosto, credo che una licenza vi farebbe bene. Senza fretta, non appena sarete in condizione di cavalcare. Non vorrete lasciare troppo a lungo sole le tante damigelle che spasimano per voi, spero.

Ed ecco, accadeva ciò che Emiliano aveva temuto. Lo si prendeva per folle. Con il suo sorriso burbero ma affettuoso e quel cameratesco richiamo alle avventure galanti, Negri gli forniva l'occasione per rientrare nei ranghi e gli impartiva un salutare monito: fermati, finché sei in tempo.

– Vi ringrazio, signore. Avete ragione. Vi chiedo scusa.

– Bene. Vi firmo subito la licenza. Una settimana. Un periodo nella capitale non potrà che giovarvi. E noi ce la caveremo anche senza di voi. Del resto prevedo che avrete tutto il tempo di rimettervi, prima di Torino. Tanto, ormai, dalla battaglia siamo passati al tè coi pasticcini, – concluse Negri, polemico, battendo il pugno sopra un fascio di carte topografiche e trattenendosi a stento, sembrò a Emiliano, dall'accartocciarle o spazzarle via con furia.

III.

Pian del Co' era uno sparuto agglomerato di casupole a pochi passi dalla riva dell'Adige. Fra la radura e la macchia dove era avvenuto lo scontro con gli austriaci, dove Emiliano aveva visto o creduto di vedere il Diaul, qualcuno aveva pietosamente piantato rozze croci. Era terreno ancora conteso dagli eserciti in guerra: per il momento sotto il controllo sardo-piemontese, ma con gli austriaci a un tiro di schioppo e pronti, tenuto conto dei tentennamenti di Carlo Alberto, alla controffensiva. Perciò il rischio di essere sorpresi da una pattuglia ostile era alto, e il tempo a disposizione poco. Emiliano aveva vissuto con una sorta di furibonda impazienza quelle settimane a Sommacampagna che gli erano parse di inutile indugio, esercitandosi ogni giorno finché non aveva sentito che la sua forte fibra rispondeva in modo che gli era sembrato accettabile. Ora, se voleva condurre a termine il compito che si era prefisso, Emiliano doveva muoversi con la massima fretta: ufficialmente in licenza per volere di Negri, diretto, secondo tutti, a Torino, contravvenendo agli ordini si stava giocando la carriera.

Ma doveva sapere. E poi, come gli aveva insegnato il conte di Cavour, non sempre il rispetto delle regole garantisce il successo. E lui doveva assolutamente sapere, ordini e consigli di Negri o no. Non c'era altro modo che verificare di persona. E dunque, al diavolo tutto il resto. Sí, *al Diaul!*

Morgante, sotto di lui, scalpitava, poco avvezzo all'andatura blanda che gli era imposta. Ma cavalcare si era rivelata comunque una tortura, a dispetto di ogni illusione. Le ferite, per quanto rimarginate a dovere, continuavano a infliggergli fitte dolorose anche se conduceva Morgante con precauzione. Zoppicava dalla gamba destra, che forse non sarebbe mai tornata come prima, e per montare in sella aveva dovuto farsi aiutare, e per ben due volte, da Pierre Fauré, il suo attendente. Pierre era un tarchiato valligiano dal sorriso aperto che si esprimeva in un patois incomprensibile, ma che con la sua lealtà e il suo coraggio l'aveva conquistato. Se l'era tirato dietro come scorta, strappando anche per lui una licenza, accennando a un accertamento da svolgere prima di raggiungere Torino, e gli aveva promesso libertà per l'intera durata del permesso. Ma la deviazione aveva messo Pierre di cattivo umore: aveva sperato con tutte le forze di poter rivedere la moglie e i figli. E piú il tempo passava, piú la speranza si assottigliava.

– C'è una chiesa. Andiamo a parlare col prete

I due uomini impastoiarono i cavalli legandoli alla staccionata dell'abbeveratoio che chiudeva il lato a mezzogiorno di una modesta piazzetta. Una donna, con un cesto di vimini sul capo, passò loro accanto senza degnarli di uno sguardo. Piú curiosi, si avvicinarono due ragazzetti dall'aria smunta. Emiliano lanciò loro delle monete, che quelli si affrettarono a ghermire. Poi smontò, con una smorfia di dolore.

– Date un'occhiata ai cavalli, va bene?

– Sarà fatto, *sior*.

– Fateli bere. Al ritorno ci sarà un'altra moneta per voi.

Entrarono in chiesa. Un misero locale con quattro panche, un rozzo crocifisso di legno, un affresco semisbiadito che sovrastava l'altare. Due beghine vestite di nero sgranavano il rosario ciondolando teste piccole, come d'uccelli rinsecchiti. La penombra, però, dava sollievo, dopo la polvere e il sole a picco. Pierre si segnò devotamente. Emiliano, che aveva imparato sul campo quanto possa rivelarsi deleterio il fanatismo, nutriva una serena diffidenza nei confronti di tutto ciò che sapeva di religione. Perciò, incurante del rispetto dovuto alle apparenze del culto, tirò dritto verso la sacrestia. Pierre lo seguí impettito.

Entrarono. Un religioso tondo e rubizzo stava finendo di scolarsi un'ampolla di pallido vino benedetto. Nel vedere i due carabinieri, s'impennò.

– Le armi non entrano nella casa del Signore, – tuonò, indicando la sciabola che pendeva dal fianco di Emiliano.

Il capitano si scusò con il prete, consegnò la lama a Pierre e gli ordinò di attendere fuori.

Placato, il religioso si presentò come don Luison, parroco di Pian del Co'. Emiliano sedette su una seggiola mezzo sfondata. Il prete gli offrí un calice del vino, che questa volta tirò fuori da una madia insieme a due bicchieri di grosso vetro, non del tutto puliti. Emiliano rifiutò, con un cenno cortese.

– Allora, se permettete, alla vostra! – replicò quello, e d'un fiato vuotò il suo bicchiere.

Seguí un attimo di imbarazzato silenzio, poi il giovane gli spiegò la ragione della sua visita.

Il prete annuí, si versò il terzo calice, riempí di nuovo il bicchiere, e prima di rispondere vuotò anche quello.

– Donne... volete sapere se abbiamo avuto donne fra le vittime di guerra. Se vi piace chiamarla cosí, guerra.

– Che intendete?

– Un giorno qui ci sono gli austriaci, e quello dopo, *pam*, voialtri. Poi voialtri ve ne andate, e *pam*, tornano gli austriaci. Una schioppettata qua, una là, e noialtri poveri cristi di mezzo. Vi pare giusto?

– Non sono qui per discutere della giustizia, ma per fare giustizia. Vi ho chiesto delle donne. Dunque?

Il prete fece per afferrare la bottiglia. Emiliano, pronto, gliela sottrasse.

– Avete bevuto abbastanza. Continuando di questo passo, non ve ne avanzerà per la funzione.

Don Luison fece spallucce, si passò una mano fra i peli della barba rossiccia, sospirò.

– C'erano la Teresa, una vedova, e la sua figliola, la Margherita. Campavano cucendo per i pescatori di bagattini. Una povera vita. Un giorno sono andate nella macchia a raccogliere la cicoria, e non sono piú tornate. Chi le ha viste dice che i soldati si sono divertiti con loro, *poarete*, ma va' a sapere se erano dei vostri o di quegli altri.

– Chi le ha viste?

– Io le ho viste. E vi posso dire che, piemontesi o austriaci, il lavoro sporco lo hanno fatto le bestie.

Emiliano si raddrizzò. Sentiva di essere sulla strada giusta.

– Spiegatevi meglio

– Le bestie, signor ufficiale, le volpi, le faine, i cani randagi, il *gato selvadego*… – e mimò con la bocca l'atto di mangiare, accompagnandolo con versi ributtanti.

La smorfia oscena del prete lo offese nel profondo. Dov'era finita la pietà cristiana, in quel disgraziato? Emiliano dominò l'impulso di picchiarlo, balzò in piedi e gli ordinò di mostrargli le salme.

Il prete trasecolò.

– I corpi? Volete vedere i corpi? Ma siete impazzito? È passato tanto tempo… E poi sono seppelliti in territorio consacrato!

– E allora? Tiriamoli fuori. E facciamo presto.

– Ma è blasfemo! – urlò don Luison.

Suo malgrado, a Emiliano venne da sorridere. Blasfemo! Quando, due anni prima, lui e Gualtiero Lancefroid avevano dato la caccia al Diaul, si era reso necessario disseppellire i cadaveri di alcune ragazze. Emiliano aveva reagito alla proposta di Gualtiero proprio come il prete. L'aveva giudicata blasfema. Gualtiero era riuscito a convincerlo. Gli aveva spiegato che quell'accertamento era indispensabile, se si voleva conoscere la verità e fermare l'assassino. Ma aveva fatto di meglio, Gualtiero. Lo aveva convinto che la scienza non può mai essere blasfema. Allora avevano proceduto al buio, basandosi su un'intuizione, e avevano avuto ragione di farlo. Gualtiero era stato il maestro, e lui, Emiliano, l'allievo che, in un attimo di follia, aveva tradito. Fissò il prete con gelido furore.

– Non costringetemi a ricorrere alle maniere forti, su!

– Voi non potete ordinare niente. Qui siamo in territorio veneto, qui comandano gli austriaci!

– In questo momento Pian del Co' è sotto la giurisdizione sardo-piemontese, e io vi ordino, al contrario, di obbedire a me, che rappresento i carabinieri reali di sua maestà Carlo Alberto!

Don Luison guardò la bottiglia. Emiliano fece cenno di sí. Don Luison tracannò il quarto calice. Terzo bicchiere.

– *Andemo*, – concluse, sbuffando.

Due becchini scavarono nella terra argillosa del piccolo camposanto, dove si era radunato quel che restava dell'esigua popolazione del paesello: quattro pescatori, due vecchi contadini, le beghine, i ragazzotti incaricati di badare ai cavalli.

Le bare, di legno quasi marcio, vennero issate fra un gemito e una bestemmia, che don Luison fingeva di non sentire.

Il fetore era insopportabile. Pierre Fauré distolse lo sguardo. Emiliano si chinò.

Quelle ferite, visibilissime malgrado lo stato dei corpi, non lasciavano adito a dubbi.

Erano le stesse ferite degli altri delitti.

Quelle carni straziate portavano una firma.

La firma del Diaul.

– Richiudetele, – ordinò Emiliano.

Poi si rivolse alla folla.

– Qualcuno di voi ha visto un uomo con un mantello nero e una maschera sul naso?

Ebbe l'impressione che non lo comprendessero, e ripeté la domanda. Quello dei due ragazzotti con l'aria piú sveglia si fece avanti.

– Io l'ho visto, *sior*. La notte che s'è portato via le *poarete*. Aveva due cavalli.

Don Luison gli allungò uno scappellotto.

– *Tase, mona, ti no g'ha visto niente!* – Poi, rivolto a Emiliano, aggiunse, come per giustificarsi: – Questo *toso* è di legno storto. *No ghe daga* ascolto!

Emiliano, per la seconda volta, dovette trattenersi dal picchiarlo.

– Pierre, – ordinò, – don Luison deve correre in chiesa. Accompagnalo.

– Subito, signor capitano.

Pierre afferrò il prete e lo strattonò verso la canonica. Emiliano si avvicinò al ragazzo, gli fece una carezza sulla guancia.

– Su, aveva due cavalli. Ma nessuno può montare due cavalli.

– Ma certo, *sior*! Uno lo montava, e l'altro lo portava alla cavezza. E sopra c'era un corpo disteso.

Emiliano capí come aveva fatto a tornare al campo piemontese.

Ferito due volte, non avrebbe mai avuto la forza di rimettersi in piedi, montare Morgante, legarsi alla sella.

Tutto questo era stata opera del Diaul.

Il Diaul gli aveva salvato la vita.

Prima di ripartire da Pian del Co', si fece accompagnare alla capanna che il ragazzo divideva con la madre. Il padre, gli fu detto, combatteva con gli austriaci, preso durante un rastrellamento per la coscrizione obbligatoria. Emiliano consegnò alla donna dieci monete d'oro e le raccomandò di badare a quel figlio cosí prezioso. La donna scoppiò a piangere per la gratitudine, e assicurò che parte di quel denaro l'avrebbe speso per pagare messe e rosari per la sua salute.

– Giuratemi che non darete un solo marengo a quel prete, – ruggí Emiliano.

La donna lo fissò, impaurita.

– Giuratemelo!

La donna giurò.

Emiliano e Pierre lasciarono il villaggio con un sospiro di sollievo.

– Tu, di tutto questo, non sai niente, Pierre.

– Sul mio onore, io qui non ci sono nemmeno stato, signor capitano. Però...

– Avanti, su.

– Se mi permettete una domanda... voi credete che a uccidere quelle donne sia stato...

– Io non credo niente sino a quando non ho le prove, Pierre.

Cavalcarono fino al tramonto, con continue pause per permettere a Emiliano un minimo sollievo, ma senza scambiarsi una parola. A poche leghe da Sommacampagna s'imbatterono in una pattuglia. La comandava un tenente suo amico.

– Emiliano! Ma non dovevi essere in licenza a Torino?

– Ci sto andando, infatti

– Be', ho una cattiva notizia per te. O buona, dipende. Tutte le licenze sono sospese. Sua maestà, stamane, s'è destato di umore glorioso. La guerra riprende.

Il Diaul doveva attendere.

Trascinandosi appresso un Pierre incupito e scostante, rientrò al campo a notte fonda.

La guerra, che sino a pochi giorni prima aveva desiderato cosí intensamente, gli pareva, ora, un incredibile dono del destino al Diaul.

Ma la caccia non poteva interrompersi. Non ora che aveva finalmente aperto gli occhi.

Torino andava messa in guardia. Il Diaul poteva colpire da un momento all'altro. C'erano solo due persone che gli avrebbero creduto. E con la sua stoltezza le aveva perdute entrambe.

Scrisse a Gualtiero. Dalla loro brusca rottura non aveva sue notizie. Non aveva idea di dove si trovasse adesso, ma sapeva per certo che la sua lettera lo avrebbe raggiunto.

Ma gli avrebbe risposto?

Emiliano versò in poche righe tutti i ricordi che adesso affluivano alla sua mente. Descrisse i fatti, confessò i propri errori, ammise che l'arroganza e l'invidia lo avevano reso cieco e vile, chiese perdono, invocò aiuto. Non accennò nemmeno a Naide.

Se non per l'amicizia, che gli veniva negata, che lo si ascoltasse almeno in nome della giustizia.

Concluse con questa frase:

> Lui era lí, chino su di me, come quella prima sera. Vedevo la sua bocca dalla piega amara, a stento coperta dal becco argenteo. La sua voce era quella di sempre: calda, profonda, educata. Posso riferirti esattamente le sue ultime parole: «Non è ancora tempo di morire, signor Saint-Just. Sarò io a decidere quando».

E mentre sigillava con furia la busta, gli risuonava nella mente il monito di Gualtiero, le parole sferzanti con cui gli aveva detto addio:

«Tornerà a colpire. E il sangue delle vittime ricadrà su di te!»

Parte seconda

Autunno del 1846. Due anni prima

I

Si fece silenzio.

Tacquero voci, sospiri, risa e chiacchiericcio, e tutti fissarono il re. Un'immagine emozionante, pensò Emiliano. In sella a Favorito, l'adorato cavallo bianco, con i suoi due metri d'altezza, nello scintillio dell'alta uniforme, Carlo Alberto sembrava davvero l'uomo del destino, colui che avrebbe finalmente riunito in un'unica patria i dispersi destini italici. Evento che i liberali auspicavano e i reazionari temevano, ma che si profilava piuttosto incerto, dato il carattere notoriamente irresoluto del re. Quanto a Emiliano, l'idea di un'Italia unita lo eccitava, come eccitava tutti i giovani del suo tempo: e in piú, della guerra, erano l'ardimento e la possibile gloria ad attirarlo. Del resto, come ufficiale dei carabinieri reali, avrebbe obbedito, sempre e comunque, al proprio sovrano.

Ma almeno per un giorno liberali e reazionari avevano deciso di accantonare le beghe, per ritrovarsi uniti nel clima di festa e di eccitazione che accompagnava il grande evento.

Perché quel Primo Ottobre del 1846 era davvero un giorno unico.

Carlo Alberto scambiò uno sguardo d'intesa con i dignitari a lui piú prossimi e sguainò la sciabola, la tenne per un istante levata, ben visibile alla folla che assiepava via Dora Grossa e le strade circostanti, poi, con espressione imperturbabile, l'abbassò, come per calare un simbolico fendente.

Al segnale convenuto, ottanta lampioni a gas s'accesero all'unisono. Nello stesso istante, altrettante bocche di fuoco illuminavano Contrada Nuova.

Torino esplose. La fantasmagoria di luci destò la sopita frenesia di quella che i viaggiatori descrivevano come la capitale piú noiosa d'Europa. La folla era come impazzita. Si lanciavano cappelli in aria, ci si abbracciava. Si era felici.

Carlo Alberto sorrise. I ministri sorrisero. La banda attaccò una marcia trionfale. La frenesia si fece delirio. Carlo Alberto fece un cenno alla scorta. Il re e il suo seguito lasciavano campo libero ai sudditi. La festa, per le alte cariche, proseguiva a Palazzo Carignano.

Emiliano, troppo basso in grado, non era fra i privilegiati che vi avrebbero preso parte. Il che, dal suo punto di vista di amante di freschissima nomina, era tutt'altro che uno svantaggio. Salutò il comandante Lazari e cercò di aprirsi un varco. Finí per scontrarsi con un corpulento gentiluomo che, con grandi sforzi, tentava di districarsi dall'abbraccio della massa.

– Vi chiedo scusa… Oh, conte, perdonatemi, con questa confusione non vi avevo riconosciuto…

– Niente scuse. Capitate a proposito. Un giovane alto e in uniforme è ciò di cui avevo un gran bisogno. Su, andiamo, fatemi strada.

Emiliano cominciò a lavorare di gomiti e gambe, e sia pur con qualche fatica, riuscí a tracciare un sentiero per sé e per il suo nuovo compagno: Camillo Benso, conte di Cavour. Aristocratico, ma soprattutto industriale, noto per aver introdotto strumenti di lavoro innovativi, c'era chi diceva rivoluzionari, nelle sue aziende. Fra loro due, pur cosí diversi per temperamento e posizione sociale, correva una sottile simpatia da quando, mesi addietro, s'erano accorti di aver condiviso, all'insaputa l'uno dell'altro, le grazie di una giovane vedova. Dopo un'iniziale schermaglia, avevano convenuto, da uomini di mondo, sull'inutilità di un contrasto che la scarsa virtú della signora in questione rendeva oltremodo futile. Entrambi si erano fatti da parte, Madame Y. s'era dovuta cercare un altro amante, e fra loro era nata qualcosa di simile a un'amicizia.

– Cosa ne pensate di tutto questo, Saint-Just? – chiese Cavour, detergendosi il sudore, quando finalmente riuscirono a lasciarsi la calca alle spalle.

– Il mio sovrano...

– Ah, *je vous en prie,* siate piú sciolto quando parlate con me, questa è la versione ufficiale, il re comanda, il carabiniere esegue. Io voglio sapere la vostra personale opinione.

– Se la mettete cosí, conte... la luce è... insomma, è una cosa meravigliosa.

– Bravo! – approvò Cavour, e cominciò a contare sulle dita di una mano. – Luce uguale progresso, progresso uguale ricchezza, ricchezza uguale istruzione, istruzione uguale miglioramento del tenore generale di vita, miglioramento del tenore generale di vita uguale potenza del Piemonte... vi suggerisce niente questo mio elenco?

– Francamente...

– Potenza del Piemonte uguale conquista! – tuonò Cavour. – Ci prendiamo l'Italia, mio caro. Da qui a due mesi saranno illuminate anche via Po, piazza Castello e tutte le strade intorno. Torino non avrà nulla da invidiare a Napoli, Londra, Parigi. Faremo di questa città la capitale d'Italia.

– Non vi sapevo cosí interessato alla politica.

– Ah, sí? – sghignazzò Cavour. – Be', tutto è politica, mio giovane carabiniere. Senza contare che strade illuminate significa maggiore sicurezza, libertà di circolare senza temere brutti scherzi dalla notte... E pensare che poco fa quel gallinaccio imbalsamato di Jacquier, il capo dei reazionari, rilasciava fosche profezie su tutto questo. Dove andremo a finire, diceva, dove andremo a finire... E a tenergli bordone c'era un vostro superiore.

Emiliano si limitò ad annuire. Sorpreso, Cavour si fermò di botto all'altezza della Reale Accademia di Pittura. Il portale del palazzo seicentesco, che qualche anno prima Carlo Alberto aveva donato ai torinesi, era ancora illuminato da antiquate torce. Il contrasto con lo scintillio dei nuovi lampioni a gas non poteva apparire, in una simile serata, piú stridente.

– Non siete curioso di sapere chi è questo bell'esemplare di conservatore in divisa?

– Mi sembrava indiscreto chiederlo.

Cavour lo squadrò, vagamente ironico.

– Ufficiale e gentiluomo, non c'è che dire. Dovrò complimentarmi con il vostro comandante, ha saputo inculcarvi a dovere i principî del corpo. Ma ricordate il mio amato motto: non sempre il rispetto delle regole garantisce il successo. A volte, una sana trasgressione può rivelarsi preziosa. E poi, su, non fate il santarellino. Lo so benissimo dove stavate correndo, cosí di fretta...

Emiliano arrossí. Cavour gli assestò una pacca sulla spalla.

– Posso farvi una confessione? Vi invidio. Voi ve ne andate a godere la vita, e io sono intrappolato in quella festa di parrucconi noiosissimi. Politica... ve l'ho detto, politica... *à bientôt*, tenente.

Con un risolino stridulo, il conte si avviò per la sua strada. Emiliano, finalmente libero, si diresse a grandi falcate verso la sua agognata meta.

II.

La cameriera gli aprí, lo salutò con un mezzo inchino e annunciò che la signora lo pregava di attendere.

Emiliano restò in piedi, nell'anticamera del piccolo ma elegante appartamento che Naide occupava in uno degli stabili di recente costruzione nella piazza Emanuele Filiberto, l'ennesimo dono di Carlo Alberto alla sua città. Rifiutò di consegnare il copricapo e la sciabola – a Naide piaceva l'uniforme, o, forse, meglio sarebbe dire che quell'apparato scenico la divertiva non poco – e si dispose all'attesa. Era, come sempre, carico di desiderio. Quella sera si aggiungeva una punta d'inquietudine. L'indomani sarebbe partito per Novara, dove lo attendevano le manovre d'autunno. Per un mese o forse piú gli sarebbe stato impossibile tornare a Torino. Era la prima volta che si separava per cosí lungo tempo da lei. E non aveva la minima idea di come la notizia sarebbe stata accolta.

Il suo sguardo cadde su una nuova stampa che ornava la parete di destra, rispetto all'ingresso. Si avvicinò per vedere meglio. Era un ritratto a mezzo busto di Naide, i capelli insolitamente raccolti in crocchia, una rosa fra le mani. Una sorta di fantasia spagnola.

Non si trattava in realtà di un ritratto, ma di un dagherrotipo.

La nuova tecnica, inventata a Parigi una decina d'anni prima, stava furoreggiando nella Torino albertina. Immagine impressa su una lastra che cattura l'anima dell'individuo. Doveva fare i complimenti all'artista. Molti consideravano ancora il dagherrotipo un'arte minore, eppure quel maestro aveva davvero catturato l'anima di Naide.

A venticinque anni, due meno di Emiliano, Naide Malarò era una delle piú acclamate interpreti sulla scena. La sua Giulietta, un misto di sensualità, innocenza e perversione, si era piantata indelebilmente nel cuore di ciascuno, e legioni di adoratori facevano la fila davanti al camerino del *Carignano*, dove da sei mesi Naide era la prima attrice nella compagnia del capocomico Severiani. Il suo repertorio spaziava dalla *Francesca da Rimini* del Pellico alla *Mirra* di Vittorio Alfieri, passando per la *Pia de' Tolomei* del povero Carlo Marenco, il grande drammaturgo che una febbre tifoidea s'era portato via pochi giorni prima, all'apice del successo. E c'era grande attesa per l'*Otello* che, di lí a qualche giorno, avrebbe debuttato al *Regio*. Per quanto fosse, a giudizio unanime, un'autentica grande attrice, in grado di rivaleggiare persino con la Ristori, era innegabile che alla fama di Naide avesse fornito un contributo essenziale la sua bellezza. Al punto che si componevano carmi sui suoi lunghi capelli bruni, sul suo nasino impertinente, sugli occhi scuri venati di eccentriche pagliuzze dorate, e, sfidando i rigori dell'occhiuta censura sabauda, sul seno generoso che talora, per esigenze drammaturgiche, il costume di scena evidenziava.

Emiliano tuttavia era rimasto stregato, piú che dalle qualità estetiche, dal suo carattere. Naide appariva capricciosa, imprevedibile, mutevole d'umore, capace di passare in un attimo dalla tenerezza alla ribellione piú selvaggia. Ma era solo la maschera. La sostanza era tutt'altra. La vera Naide era molto diversa dall'attrice che eccitava i sogni della virilità torinese. La vera Naide era fatta, in egual misura, d'acciaio e di diamante. Colta non meno che bella, lettrice appassionata dei grandi classici e dei piú scandalosi romanzi moderni, padroneggiava il francese, l'inglese e il tedesco, odiava le imposizioni e amava, piú di ogni altra cosa al mondo, la libertà.

«Patti chiari, – gli aveva intimato la prima volta che si erano appartati, – non tollero catene. Se ti sta bene, sarò liberamente tua. Finché entrambi lo vorremo, o uno dei due si stancherà».

Emiliano era rimasto sconcertato. Non era certo quello il modo in cui si esprimevano le signorine della buona società che era avvezzo a frequentare. E anche le svariate madame e madamine che gli ronzavano intorno parlavano una lingua molto diversa, fatta di gesti accennati, velate allusioni, rossori e svenimenti. Un minuetto tanto delicato quanto eccitante che alimentava il rito eterno della seduzione. Per Naide tutto questo non aveva senso. Il suo messaggio era stato chiaro e diretto: tu e io vogliamo la stessa cosa, quindi poche chiacchiere, accordiamoci sui presupposti e passiamo all'azione. Naide proponeva un patto. Stava a Emiliano accettare o rifiutare. Ma accettare non significava forse cedere il bastone del comando, assumere, sin dal primo momento, un ruolo sottomesso, una vergogna per un ufficiale dei

carabinieri reali, un aristocratico di discendenza napoleonica, un brillante militare in carriera e, in una
parola, un uomo? Lo sconcerto si era fatto irritazione. Emiliano era stato a un passo dal piantare in as-
so la bella attrice, magari con una battuta salace, ma
si era trattenuto. Andarsene equivaleva a dichiararsi
sconfitto. E nonostante le circostanze, il desiderio
di stringerla fra le braccia era piú vivo che mai. No.
Niente abbandono del campo. Altra era la strada
da intraprendere, per salvare l'onore e, nello stesso
tempo, rispettare il piacere.

«Farò tutto quello che vorrai, Naide!»

L'avrebbe posseduta, e si sarebbe dimenticato di
lei. Sarebbe uscito vincitore dalla contesa. Vincitore e uomo.

Naide lo aveva fissato a lungo, aveva letto la men-
zogna nei suoi occhi e lo aveva subito messo alla porta.

Si erano riconciliati soltanto quando lui aveva ammesso, davanti al camerino serrato del *Carignano*, che
sí, lei aveva avuto ragione di dubitare, quella sera,
che sí, le aveva mentito, ma che no, non riusciva a
levarsela dalla testa.

«Tenete a mente che io non potrò mai amare piú
di un uomo alla volta, Emiliano».

Nei giorni successivi Naide aveva troncato la relazione che da qualche mese la legava al marchese Vil-
labruna, si era trasferita nella casa di piazza Emanuele Filiberto e da allora non era passato un solo giorno senza che trascorressero almeno un'ora insieme.

– Ti piace il mio ritratto su lastra?

Emiliano si voltò. Naide sorrideva, indicando il
dagherrotipo. Ogni volta che la rivedeva, per quanto breve fosse stato il distacco, non poteva fare a

meno di provare un brivido: desiderio, esaltazione, frenesia di possesso, persino, anche paura. Naide continuava, malgrado tutto, a intimorirlo.

– È perfetto. Sei tu.

– Ne sei certo?

Emiliano riconobbe la piccola smorfia sarcastica. Aveva dato la risposta sbagliata.

– Nient'altro che una pallida, sbiadita copia dell'inimitabile originale!

– Andiamo meglio, – concesse lei, e gli si fece vicina.

Cominciò a percorrere l'uniforme con le lunghe dita sottili.

Chaperons… aiguillette… ganse… parements… boutonnières… demi-collants…

Quando la mano di Naide gli sfiorò il sesso, Emiliano chiuse gli occhi.

III.

Piú tardi, mentre nel cuore della notte si aggirava per le strade ormai deserte e fredde di una capitale che aveva frettolosamente archiviato, con la sua tradizionale, geometrica rigidità, gli eccessi della festa trascorsa, ripensò al sublime momento del distacco.

«Domani parto per le manovre, Naide», le aveva detto, in un sussurro, dopo l'appagamento dei sensi.

«Ottima notizia. Un po' di libertà farà bene a entrambi».

La freddezza di lei l'aveva lasciato deluso, o peggio, ferito. Aveva cominciato a rivestirsi con una certa sdegnata frenesia.

Naide aveva riso, quel suo riso franco, senza malizia.

«Una donna scaltra può davvero fare tutto ciò che vuole di un uomo innamorato. Ma per tua fortuna io non sono Circe, e quindi tu non sarai trasformato in porcello».

Avrebbe serbato per sempre l'immagine di lei, nuda, che gli infliggeva appena un sottile, superficiale taglietto, poco piú che una scalfittura sull'avambraccio. La lama della sciabola albertina, candida al riflesso della luce, che si macchiava del sangue di lui. Lei che lo leccava, poi gli offriva la bocca sporca di rosso.

«Ora tocca a te, Emiliano».

Si era tirato indietro. Colpire una donna? Ferirla? Mai!

«Sono io che te lo chiedo. Anzi, te lo ordino!»

Aveva lasciato che fosse lei a guidargli la mano. Un piccolo segno s'era allungato poco sopra il gomito di Naide.

«Lecca».

Aveva obbedito. Il sapore del sangue aveva riacceso il desiderio.

«Ora siamo legati per sempre. O, per meglio dire, finché uno di noi due non ne avrà abbastanza», aveva riso lei, e si era preparata a riceverlo un'altra volta dentro di sé.

Anche se l'ora era tarda, non aveva nessuna intenzione di rincasare. Il turbamento del convegno amoroso non lo abbandonava, il pensiero delle grandi manovre, che tanto l'avevano eccitato, ora lo intristiva.

Si sentí smarrito: non voglio piú andare a Novara, pensò, voglio restare qui con lei. Che avessero ragione gli ufficiali anziani, quando ammonivano a diffidare delle donne, sirene, ammaliatrici, streghe?

Si spinse, lento e trasognato, sino al Parco del Valentino. Poteva distintamente percepire, nel silenzio della notte, il quieto fruscio delle onde del Po.

Risuonò, improvviso, un urlo disumano.

– Chi è? Chi va là? – gridò, pronto, i sensi all'erta.

Sfoderò la sciabola e avanzò in direzione dell'urlo. Proveniva dal parco. Un nuovo urlo, poi una risata, acuta, prolungata, che metteva i brividi: aveva un sapore osceno, demoniaco. Emiliano cominciò a correre. La notte era buia, non c'era luna, non c'erano stelle, solo nubi fosche che si addensavano su Torino. E l'illuminazione a gas, da quelle parti, non era ancora arrivata. Inciampò in una radice, cadde, perse l'arma, si risollevò. Gli occhi iniziavano ad abituarsi all'oscurità. Ritrovò la sciabola. Quando sollevò lo sguardo, vide che, piú avanti, a forse venti passi, brillava la luce tremula di una lanterna.

– Chi va là? Mostratevi!

Echeggiò nuovamente la risata. Si diresse senza indugiare verso la lanterna. A mano a mano che si avvicinava, metteva a fuoco i dettagli. La lanterna era posata su un masso piatto, e da lí irradiava il suo raggio esile. Gli sembrò di individuare una forma indistinta, allungata, delle macchie di bianco e di rosso. Si avvicinò ancora.

E la vide.

Una donna.

Aveva le vesti sollevate a scoprire il ventre, solcato da un lungo squarcio. Gli organi interni erano orribilmente esposti. Dappertutto c'era sangue. Il volto fissato per sempre in un'espressione di orrore senza nome.

Si chinò su quei poveri resti.

Ma chi aveva potuto...

La risata tornò a risuonare, vicinissima, alle sue spalle.

Si gettò da un lato, d'istinto, come gli avevano insegnato alla scuola militare.

Una figura alta, intabarrata in un mantello scuro, agitava contro di lui uno stiletto dalla lama affilata.

Il primo colpo era riuscito solo a far volar via il cappello piumato. La prontezza di riflessi aveva salvato Emiliano.

Il giovane ufficiale si gettò contro lo sconosciuto, menando un fendente. Ma l'altro era ugualmente agile e addestrato, e schivò senza fatica il colpo.

Ora i due contendenti si ritrovavano faccia a faccia. Solo pochi centimetri separavano lo stiletto dalla sciabola. Emiliano avvertí un fiato pesante, lesse negli occhi grigi dell'assassino una determinazione fredda, impassibile, persino divertita. Ma la cosa piú impressionante era... Quell'individuo, chiunque fosse, aveva, al posto del naso, un lungo becco adunco. Come un animale da bestiario medioevale, o l'ultimo esemplare di una specie estinta di uccelli feroci.

La visione lo paralizzò.

Da quale inferno era stato vomitato quell'essere immondo?

Per un istante abbassò la guardia. L'altro ne approfittò per sferrare una stilettata che colse Emiliano alla guancia. Si aprí uno squarcio. Emiliano avvampò. Si era fatto cogliere di sorpresa. Pizzicato come un coscritto. Un furore cieco lo invase. Si lanciò alla carica a testa bassa, urlando, incurante della ferita che pulsava, bruciava, zampillava.

L'assassino si limitò a un breve scarto laterale, un passo elegante, come di danza.

Emiliano abbrancò l'aria fredda della notte, annaspò, crollò al suolo, quasi incollato al corpo della donna, la faccia schiacciata sulla terra che sapeva di sangue ancora fresco.

L'altro gli fu subito sopra, sedette su di lui, gli immobilizzò le braccia.

– Non eravate in programma, ma faremo di necessità virtú, – disse piano, con un tono insospettabilmente dolce, quasi dispiaciuto.

Aveva una voce bassa, profonda, educata.

Emiliano si sentí afferrare per i capelli, la sua testa fu sollevata. Una fredda lama pungeva la sua gola. Risuonò ancora, sarcastica, la voce dell'assassino.

– Con la vostra resistenza renderete il mio compito ancora piú gradito, signore.

L'assassino si faceva beffe di lui.

Ma non era pronto a morire, non ancora. Si rese conto di poter muovere la mano destra. Abbrancò una manciata di terriccio e la scagliò alle sue spalle, verso l'alto. Percepí un verso di sorpresa, un accenno di bestemmia soffocata. La pressione sulle vertebre si allentò per un breve, prezioso istante.

Con uno scatto rabbioso sollevò la gamba sinistra. Il tallone ferrato dello stivale incontrò qualcosa di morbido e sentí l'altro gemere: era riuscito a colpire l'assassino al basso ventre.

Si ritrovò libero. Rotolò su sé stesso, per allontanarsi e cercare di rimettersi in piedi. Ma l'altro gli si schiantò nuovamente sopra. Era stata un'effimera vittoria: l'esecuzione era solo rimandata.

– Ora basta! State abusando della mia pazienza!

In quel preciso momento risuonarono le voci.

– *Jacques! Là-bas!*

– *Je le vois, monsieur!*

– *Arretez-là! Jacques! Vite, vite! Au bord du parc, vite!*

– *Au secours!* – urlò Emiliano, e prese a dimenarsi come un ossesso.

Accorreva gente. L'assassino mollò la presa con un'imprecazione che suonava sinistra promessa:

– Ci rivedremo!

Si rimise in piedi, il cuore che batteva all'impazzata.

Ombra fra le ombre ingigantite dalla luce della lanterna, Emiliano vide venire verso di sé un uomo dai
lunghi capelli biondi. Una seconda figura, dai con-
torni che gli parvero giganteschi, correva a perdifiato
verso l'uscita del parco, brandendo un bastone. E,
cosa ancora piú sorprendente, gli parve di avvertire
un odore che non avrebbe dovuto esserci: profumo
femminile, eccessivo, dozzinale, penetrante.

– Siete ferito, – disse l'uomo, accostandosi a Emiliano. Era giovane, pallido, portava occhialini ton-
di. Indossava la tenuta del borghese elegante: marsina, panciotto, calzoni stretti in vita da una fascia
color fucsia.

Emiliano indicò il cadavere oltraggiato.

L'uomo annuí piano.

IV.

Medico del corpo e della mente, chirurgo e alienista, nonché chimico, fisico e a tempo perso letterato.
– Ma in fondo ciò che faccio lo faccio quasi esclusivamente per il mio diletto.
Cosí si era presentato il giovane pallido dai lunghi capelli biondi che rispondeva al nome di Gualtiero Lancefroid. Nella sua carrozza, Gualtiero aveva provveduto a una prima, sommaria medicazione della ferita di Emiliano.
– Un brutto squarcio, amico mio. Temo che conserverete a lungo il ricordo di questa notte. Ho paura, anzi, che sarà per sempre.
Piú tardi, quand'erano giunti a casa di Gualtiero, un'eccentrica costruzione lungo la via che menava alla collina di Superga, sorta di incongrua fantasmagoria moresca della quale Lancefroid, apprese, aveva disegnato personalmente il progetto, il medico aveva ricucito lo squarcio, commentando con aria divertita i mugolii con i quali il giovane tenente si sforzava di non dare libero corso al dolore dell'intervento.
– Potete anche piangere, gridare e maledirmi. Qui siete fra amici, e nessuno vi accuserà di viltà. Dal punto di vista terapeutico, un bell'urlo ha i suoi vantaggi. Se non altro, vi libera dagli umori fetidi del rancore e dell'istintività. Su, sfogatevi pure!

Emiliano, però, aveva resistito. Jacques, il gigante che aveva visto lanciarsi all'inseguimento dell'assassino, aveva apprezzato. Era il nero piú nero che Emiliano avesse mai visto. Persino piú scuro dei nubiani effigiati nelle stampe che suo padre, il leggendario capitano della Grande Armée, aveva riportato come ricordo della campagna d'Egitto.

– Vi presento Jacques, tenente. Un uomo, nel vero senso della parola, se mi comprendete. Un giorno, quando e se entreremo in confidenza, vi racconterò come sono riuscito a sottrarlo alle grinfie di un bieco coltivatore di canna da zucchero, laggiú nella splendida Haiti. Jacques, saluta il tenente Emiliano Mercalli di Saint-Just.

– Ma voi come diavolo fate a sapere il mio nome?

– Oh, semplicissimo. Prima di abbandonare quel tetro luogo di morte Jacques ha recuperato il vostro cimiero... si dice cosí, vero? Quel buffo cappello piumato...

– Ma come osate! Buffo cappello piumato! Non vi permetto...

– Sí, sí, va bene, scusate, è che io sono alquanto allergico a uniformi, divise e compagnia cantante. Ma sapete bene che all'interno della tesa è cucita una banda con il vostro nome e grado.

Emiliano sospirò. E subito volle scusarsi con Lancefroid. Dopotutto, gli doveva la vita. Senza il suo intervento, e quello di Jacques, l'assassino gli avrebbe tagliato la gola.

– Avremo modo di parlarne. Adesso dovete riposare. Jacques vi preparerà la camera degli ospiti.

– Impossibile, – protestò Emiliano, – fra poco meno di un'ora devo essere in caserma. Stamattina si parte per Novara, abbiamo le manovre d'autunno...

– Escluso. As-so-lu-ta-men-te. Avete bisogno di riposo. Oltretutto, per due o tre giorni sarete soggetto ad attacchi di febbre, e inoltre bisogna che mi accerti di persona dello stato della vostra ferita. Voi resterete qui.

– Ma le manovre...

– Voi resterete qui, e nel frattempo io mi dedicherò ad attività poco piacevoli ma essenziali per la risoluzione di questo caso che, temo, si rivelerà assai complicato e forse, per qualcuno, molto doloroso.

– Caso? Intendete dire l'assassinio?

– Precisamente.

– Devo scrivere subito una relazione per i miei superiori.

– Quante cose volete fare, con le poche forze che vi ritrovate al momento! La guerra, l'indagine... avrete tempo per scrivere, riflettere, raccontare. Intanto, come vi ho detto, me ne occuperò io.

– E come, se è lecito?

– Perché, secondo voi, avrei fatto trasportare sin qui il corpo di quella poveretta?

Emiliano restò sconvolto, piú che dall'enormità della cosa, dalla calma serafica con cui Lancefroid aveva dato l'annuncio.

– Voi volete...

– Praticherò l'autopsia, certo, ci mancherebbe!

– Ma esistono delle procedure! Va informato il Collegio dei medici reali, chiesta l'autorizzazione alla famiglia, occorre...

– E nel frattempo, mentre i burocrati si sollazzano coi loro timbri e le loro autorizzazioni, i segni si disperdono e un assassino resta in libertà. No, agirò subito, senza indugi.

Emiliano fece per balzare in piedi. Era a torso nudo, su una poltrona per la verità alquanto scomoda, data la sua forma bizzarra, geometrica, niente affatto accogliente. Dovette fermarsi a metà, colto da un capogiro.

– Ciò che voi intendete fare è blasfemo!

Gualtiero lo fissò, con aria di commiserazione.

– Ah, sí? E che cosa c'è di blasfemo, di grazia, nel nobile tentativo di strappare alla morte i suoi segreti? Aiutare i vivi è blasfemo? La morte serve anche a questo, sapete? O è del corpo che avete paura, tenente? Il corpo che segue il suo ciclo vitale anche quando non è piú in vita... O, aspettate, aspettate... è la scienza, forse, secondo voi, a essere blasfema?

Emiliano non trovò la risposta giusta. Il suo cervello funzionava a rilento. Cominciava ad avvertire un franco malessere. Lancefroid ne approfittò per affrettare i tempi.

– Jacques, prendi la carrozza e precipitati al comando dei carabinieri reali. Scriverò io un biglietto per spiegare l'accaduto. Piuttosto, volete che avverta qualcun altro?

– In che senso, scusate?

– Non so. Per esempio, la signora con la quale vi eravate intrattenuto prima di avventurarvi sciaguratamente nel Valentino?

– La signora? Ma voi come...

– Come fate a sapere che mi sono incontrato eccetera eccetera? – gli fece eco Gualtiero, in tono canzonatorio. – Vedete, amico mio, ve l'ho già detto: il corpo parla. La lama dell'assassino vi ha squarciato la guancia, ma non è certo responsabile di quei piccoli segni di unghie che affiorano qua e là sul vostro glabro petto, né della macchia di rossetto che s'intuisce... avete capito dove... Mi dànno da pensare anche le linee della minuscola cicatrice che vi solca il braccio... si direbbe una toccatina di sciabola inferta con sublime trasporto erotico. Per non dire poi di quel persistente odor di cipria... *La dame heureuse*, se non vado errato. Fate da parte mia i complimenti alla signora per il buon gusto. Potrei persino dirvi che è stato un prolungato fantasticare sulle memorie del piacere appena goduto a farvi perdere la strada e condurvi nottetempo al Valentino.

Emiliano era ammutolito. Quell'uomo sembrava possedere un dono prezioso. Sapeva leggere i segni che ciascuno di noi incontra in ogni momento della vita e che colpevolmente trascura. Era in grado di interpretare quei segni e metterli in fila, di estrarne il linguaggio segreto, di decrittarne il senso ultimo. Non c'era nessuna stregoneria, dietro tutto questo.

Solo una mente acuta, superiore.

E poi, non aveva piú voglia di combattere. La stanchezza, l'emozione, la consapevolezza del pericolo corso lo assalirono, tutte insieme e con la massima violenza. La testa prese a girargli, i denti cominciarono a battere, i brividi gli squassarono il corpo. Dormiva già, di un sonno profondo, istantaneo e plumbeo, quando Jacques lo sollevò fra le sue immense braccia e lo condusse al piano superiore, nella stanza degli ospiti.

v.

Era su una strada polverosa, baciata da un sole che lasciava stecchiti. Chiedeva al suo corpo di correre, correre a piú non posso, ma il suo corpo si rifiutava di obbedirgli. E cosí restava fermo, coperto dal sudore dello sforzo, mentre l'angoscia cresceva e dietro di lui sentiva avvicinarsi l'Ombra.

Presto l'avrebbe raggiunto. E non ci sarebbe stato piú scampo.

Una mostruosa creatura gli si parò davanti. Aveva il corpo di uomo e il volto di uccello. Dal suo becco adunco si levò un suono stridulo, una nota cosí acuta e lacerante da risultare insopportabilmente dolorosa.

Emiliano cacciò un urlo e si svegliò.

Con la coda di un prolungato, straziante lamento, il suono tacque.

– Come vi sentite, amico mio?

Emiliano mise a fuoco la magra figura di Gualtiero Lancefroid.

Il suo ospite indossava un'elegante giacca da camera color ciliegia e stava riponendo un violino nella sua custodia.

– Un autentico Stradivari. Un miracolo della scienza e dell'arte italiana. Non è concesso a tutti il privilegio di toccare un simile strumento. E neanche quello di ascoltarlo, se è per questo!

A Emiliano scappò un sorrisetto. Se Gualtiero avesse saputo a che immagine da incubo aveva associato la sua musica...

– So cosa state pensando, Emiliano. E non posso darvi torto. Di tutti i talenti che ho la fortuna di possedere, quello musicale non è certo il piú brillante. Ma il fatto è che quando sono turbato il violino ha il potere di rasserenare la mia anima. Non preoccupatevi, Saint-Just, io non credo nell'anima. Non piú di voi, almeno.

– E adesso questo come fate a dirlo, se è lecito? Che cosa vi fa pensare che io non creda...

– Vostro padre, a quanto risulta, era un ufficiale napoleonico. Non si tratta di un segreto. Voi vestite la divisa dei carabinieri reali, e ciò costituisce un evidente omaggio alla memoria paterna. Gli ufficiali napoleonici riconoscevano nell'imperatore il loro unico dio, e ammettevano, al massimo, il concorso della Dea Ragione. Quantomeno quelli, fra loro, impregnati dell'ideale rivoluzionario. Niente di piú facile che vostro padre vi abbia trasmesso la diffidenza, se non il disprezzo, per ogni forma di devozione religiosa. Superstizione, se non erro, la definivano i vari Robespierre e compagnia cantante.

Emiliano alzò le braccia in segno di resa. Non avrebbe mai potuto competere con Lancefroid sul terreno della dialettica. Oltretutto, aveva sete, fame, e si sentiva sporco. In compenso, la ferita non bruciava piú e anche la febbre sembrava passata.

– Quanto tempo ho dormito?

Gualtiero scostò le tende fiorate dell'ampia finestra. Fuori era buio.

– Quasi un giorno. Ne avevate bisogno.

– Le manovre!

Emiliano si levò di scatto, e un lieve capogiro gli fece perdere l'equilibrio.

– Tutto risolto. Il maggiore Lazari è informato. Vi attende domani in piazza Carlina. Sempre che le vostre condizioni lo permettano.

– Bah! Quella ferita è solo un graffio. E grazie a voi…

– Aspettate a ringraziarmi. Purtroppo, come vi avevo predetto, il segno rimarrà.

Gualtiero gli porse un piccolo specchio. Emiliano stentò a riconoscersi nell'immagine riflessa. Era pallido, con un accenno di barba e occhiaie profonde. E la cicatrice sembrava un orribile, lungo bubbone violaceo.

– Comunque, nei prossimi giorni vedremo almeno di migliorare la situazione. Ora su, alzatevi, vi ho fatto preparare un bagno caldo.

Quando fu lavato, ripulito e profumato, Emiliano bevve due caraffe d'acqua e ringraziò con calore Jacques. Il nero accennò a un fugace sorriso.

– Io ringrazio voi, signore, – rispose, in un italiano dal forte accento francese, – erano molti mesi che non vedevo Monsieur cosí pieno di energia. La melanconia lo stava… come si dice… sovrastando. Grazie a voi è tornato quello di una volta. Monsieur vi prega di indossare questi –. Jacques gli porse della biancheria, una camiciola, una giacca a finanziera, calzoni ampi. – Mi sono permesso di cercare il vostro attendente e di farmi consegnare qualche abito pulito.

– E la mia uniforme?

– Monsieur la sta esaminando. Quando vi sarete rivestito, vi attende nel suo gabinetto di scienza.

VI.

Gualtiero non era solo, nel gabinetto di scienza.
Con lui c'era Naide.

– Emiliano! Ma cosa ti hanno fatto! Vieni qui,
amore mio...

– Vi lascio soli, – commentò, asciutto, Gualtiero,
e abbandonò la scena.

Furono baci, e furono carezze. Fecero un gran
bene al cuore di Emiliano, che vi si abbandonò con
un rinnovato senso di gratitudine per la sua amante.

Ma a un certo punto, sull'avvisaglia di un tocco
piú audace, lei fermò la mano di lui.

– Non mi pare il caso, Emiliano. Il tuo ospite potrebbe rientrare da un momento all'altro.

Come evocato dalla bella attrice, Gualtiero fece
la sua comparsa, preceduto da Jacques. Fra le enormi mani dell'haitiano, il vassoio colmo di pane, for-
maggio e affettati sembrava scomparire. La vista del
cibo fece ricordare all'istante a Emiliano quanto era
affamato. Gualtiero versò nei calici adatti del robu-
sto Nebbiolo rosso.

Placata la fame, Emiliano si sentí invadere da un vivo benessere. Si guardò intorno. Il gabinetto di scienza di Gualtiero era per metà una biblioteca che tra-
boccava di libri di ogni genere e formato, e per l'altra
un laboratorio in piena regola. Vi erano storte, beute

e alambicchi da distillatore, un bruciatore sul quale sobbolliva un tegame colmo di chissà quale liquido, e su un grande tavolo era posata, notò sobbalzando, la sua uniforme: un lembo della giubba era fissato fra due perni e sottomesso alla lente di uno strumento ottico. Ma non ebbe il tempo di chiedere lumi.

– Suppongo che vi stiate chiedendo: come ha fatto Gualtiero a sapere che la signora che Emiliano desiderava informare...

– Come ha fatto Gualtiero a sapere... – gli fece eco Emiliano, che cominciava a trovare divertente la totale mancanza di modestia del suo nuovo amico.

– È stato semplicissimo. È bastato fare qualche domanda in giro. Come voi ben sapete, amici miei, la discrezione è una virtú che i torinesi amano piú predicare che praticare.

– Gualtiero, – iniziò a dire Naide, poi, con un sorrisetto vezzoso, si corresse, – il signor Lancefroid mi stava dicendo che, secondo lui, siamo alle prese con un maniaco.

– Ah, – si compiacque Gualtiero, – credo che non ci siano dubbi. La natura delle ferite inferte a quella poveretta... A proposito, si trattava di una prostituta alquanto nota, la Rosín...

– E voi come fate a saperlo?

Gualtiero parve irritarsi per l'interruzione.

– A parte che una donna che frequenti il Valentino a quell'ora di notte denuncia la sua antica professione... Conoscete il dagherrotipo?

– Non sono un provinciale, Monsieur! – replicò Emiliano, risentito.

Naide sorrise. Le schermaglie maschili la divertivano. E la rafforzavano nel suo convincimento profondo circa la banalità di fondo della natura maschile. Bambini innamorati della guerra. Ma bambini che il troppo potere rendeva pericolosi. Per questo oc-correva un riequilibrio. E un giorno, quando i tempi sarebbero stati maturi...

– Si dà il caso, – riprese Lancefroid, – che io di-sponga di un piccolo ma attrezzato laboratorio. Ho provveduto a ritrarre su lastra il volto di quell'infeli-ce. Mi sono poi recato presso alcuni... noti luoghi di piacere di questa città e cosí l'ho identificata. Ora il cadavere della povera Rosín giace all'Ospedale Mau-riziano, a disposizione dei miei colleghi... ma non vedo cosa potranno dedurne di nuovo o diverso. Ho pensato io a tutto. Posso continuare, ora?

– Fate pure, – concesse Emiliano.

La spocchia di Gualtiero poteva essere insoppor-tabile, ma il sistema che aveva usato per identificare la vittima era geniale. Gli venne un'idea. Doveva parlarne a Lazari. Il dagherrotipo poteva rivelarsi utile anche per scopi militari. Fissare l'immagine di un campo nemico, o meglio ancora, di un agen-te nemico. E i criminali? Che immensa risorsa per l'ordine pubblico sarebbe stato disporre di imma-gini dei criminali che diventassero armi per poterli identificare.

– Mi ascoltate o no?

– Vi ascolto.

– Bene. Come dicevo, le ferite atroci depongono per un'accentuata propensione alla monomania omi-cida. In poche parole, il nostro uomo è pervaso da un insano piacere ogni qual volta può sopprimere, con modalità efferate, una vita umana. Egli trae godimen-to dalla sofferenza altrui, e il delitto è lo strumento

grazie al quale si procura questo piacere. Piacere che
è anche, nello stesso tempo, fonte di un'ossessione
continua. Se posso esprimermi in modo alquanto
rozzo, è un infelice destinato a seminare infelicità.
Sovente, simili patologie sono associate a distorsioni
quali la necrofilia e il cannibalismo. Non escludo che
il vostro intervento, Emiliano, gli abbia impedito di
portare a termine il suo progetto, e non escludo che
questo progetto prevedesse di cibarsi delle viscere di
quella donna. Perdonatemi, – s'interruppe, fissando
con aria desolata Naide, – non sono certo argomenti
adatti a una signora.

– Ho letto di un caso simile in Esquirol, se non
vado errata, – lasciò cadere, con sublime svagatezza,
Naide, – ma era una donna. La contadina Dolores,
lasciate che mi sovvenga la citazione, dunque… «La
contadina Dolores, impedita dal padre di sposare
l'amante, una sera d'improvviso lo uccide, gli strappa il cuore e lo mangia, e ha subito dopo un terribile
accesso maniaco…»

Emiliano non credeva alle proprie orecchie. Naide! Certe cose non erano consentite alle donne, anzi, si doveva evitare a ogni costo che la loro purezza
venisse contaminata dalle brutture del mondo. Cannibalismo, necrofilia, omicidio… come era potuto
accadere? Emiliano cercò una sponda in Gualtiero.
Gli scoccò un'occhiata carica di complicità maschile. Ma il medico aveva perso la sua abituale compostezza. Rosso in volto, lo si sarebbe detto preda di
un attacco di autentico entusiasmo.

– Voi… voi avete letto Esquirol? Cioè… voglio
dire… scusate, è evidente che… se lo avete citato …
per quanto in realtà sia… scusate davvero!

– E anche Pinel, se è per questo. Quand'ero bambina, un giorno, in campagna, vidi morire un asino. Restò lí a lungo, e io ogni giorno passavo per quel sentiero, e assistevo ai fenomeni che seguono la morte. Il corpo che si gonfia, le mosche che ronzano, il volto che perde ogni forma... ero avida di conoscenza, non solo curiosa, secondo quella sciocca diceria che vuole il nostro sesso ammalato di curiosità, stupida curiosità. Io volevo sapere come fosse possibile tutto questo. Ne parlai con il parroco, in confessionale. Quello corse difilato da mia madre e disse che c'era bisogno di un esorcismo: la vostra bambina è posseduta dal demonio, disse. Mia madre, per fortuna, lo cacciò. Ma dovemmo cambiare città. Insistevo con le mie richieste. Volevo studiare Medicina, ma, come ben sapete, l'arte medica è interdetta a noi donne, come troppe altre cose. Perché credete che abbia deciso di calcare il palcoscenico? Per sentirmi libera. Tu dovresti saperne qualcosa, Emiliano. E smettila di guardarmi con quell'aria da pesce bollito!

Emiliano si sentí avvampare. Quante altre sorprese gli avrebbe riservato Naide? Ma c'era una domanda, su tutte: quant'era pericolosa quella donna? E lui, lui sarebbe mai stato alla sua altezza?

– A ogni modo, – intervenne Gualtiero, piú calmo, – credo che vi sbagliate. Non ho osato dirlo prima, ma il caso di Dolores non si trova in Esquirol, bensí nel breve saggio sulla monomania omicida di Cazauvieilh.

– Può darsi, – replicò, piccata, Naide, – in ogni caso non dimenticate che Dupin contesta la stessa categoria di monomania omicida, che ritiene un espediente legale inventato dagli avvocati per evitare la forca agli assassini.

– Dupin è un asino! – tuonò Gualtiero, con insospettabile passione. – Se fosse dipeso da lui, avrebbe mandato a morte tutti i folli di Parigi.

Si accese una disputa, talmente farcita di una girandola di citazioni dotte da lasciare Emiliano quasi sgomento, come chi guarda a riva nuotatori provetti sfidarsi in acque troppo profonde. Gualtiero faceva appello all'indiscussa autorità che gli derivava, a suo dire, da anni di esperienza sul campo e dalla frequentazione degli istituti piú prestigiosi, e Naide manteneva il punto con inflessibile tenacia.

– Il solo fatto di essere medico non vi pone al di sopra dell'errore. Né potete trattarmi come una sciocchina solo perché recito Pellico e Shakespeare.

– Pellico è di una noia mortale, e il fatto di aver patito la galera austriaca non lo autorizza a torturare le orecchie del pubblico con le sue melense declamazioni, ma ho il massimo rispetto per il Bardo e per voi, credetemi! Purtuttavia ci sono questioni tecniche che non possono…

– Esquirol non era medico, ricordatelo, e lo stesso Poussin, il maestro di Pinel, colui che ha inventato l'alienistica moderna, era un ex internato.

– Ciò non vi autorizza…

Emiliano continuava ad ascoltarli, affascinato e spaventato nello stesso tempo. Chi era veramente Naide? Non sarebbe stato piú saggio fuggire a gambe levate da una donna cosí… cosí…

– Ora basta. Riprenderemo quanto prima questa interessante conversazione. Ora devo andare.

Naide si alzò, rivolse un'ironica riverenza ai maschi presenti e spiegò che era attesa a Palazzo Carignano, per recitare alla presenza del re.

– Posso accompagnarti? – azzardò Emiliano.

– Non siete ancora in grado! – insorse Gualtiero.

– Avete bisogno di riposare. Faccio subito preparare la carrozza da Jacques.

– Non scomodatevi, – ridacchiò Naide, – ho già una carrozza. L'ha messa a mia disposizione Vittorio Emanuele. È ansioso di trascorrere qualche momento con me.

Emiliano strinse i pugni. Il temperamento focoso dell'erede al trono era leggendario, in tutta Torino. Si diceva che non passasse giorno senza che il delfino non sacrificasse qualche nobildonna sull'altare della sua lussuria. E, per giunta, Vittorio Emanuele non disdegnava gli amori ancillari. Quanto alle attrici, ne faceva collezione.

Ma Naide gli andò vicino, passò un dito sulla cicatrice e gli sussurrò:

– Non essere geloso, Emiliano. Io amo te e ti sono fedele. Ti amo anche se sei pieno di difetti. Forse proprio per questo. Passa a trovarmi domani, al tramonto. Lavoreremo su questo tuo incantevole sfregio...

VII.

Alle otto in punto di un mattino piovoso e freddo, Emiliano si presentò a rapporto dal maggiore Lazari. L'alto ufficiale lo accolse con una stretta di mano e una smorfia di apprezzamento.

– Bravo. Vedo che vi siete già messo in borghese. Ottimo. Avete anticipato le mie decisioni. È quello che mi aspettavo da un giovane brillante come voi. Sedete, vi prego.

Emiliano, che si era aspettato una formale reprimenda, si rifugiò in un sorriso vago, una di quelle espressioni che vogliono dire tutto e niente, e che per questo si adattano a qualunque circostanza. Sorriso da diplomatico idiota, l'avrebbe definito Naide, la terribile Naide che ormai dominava i suoi pensieri. Quanto all'uniforme, era andata. Per i suoi esperimenti, Gualtiero aveva ritenuto necessario tagliuzzarla in piú punti. Nemmeno il sarto piú abile di Torino sarebbe riuscito a confezionargliene una nuova in tempo per l'incontro con Lazari. Quando era venuto a saperlo, Emiliano aveva dato in escandescenze, e si era messo in cerca di Gualtiero, per cantargliene quattro. Jacques, fra l'imbarazzato e il divertito, gli aveva spiegato che Monsieur era uscito all'alba, oltretutto dopo una notte insonne, per fare «ricerche». Emiliano possedeva, ovviamente, un'uniforme di riserva, ma per non tardare all'appuntamento con il maggiore aveva evitato di ripassare da casa. E cosí si era presentato da Lazari in borghese.

E aveva aveva fatto, senza saperlo, la cosa giusta.

– Allora. Raccontatemi tutto.

Si sforzò di essere sintetico e preciso. Fabrizio Lazari non amava perdere tempo. Era un uomo tarchiato, dai vistosi favoriti bianchi. Di temperamento riflessivo, abile e accorto, era stato fatto conte *motu proprio* da Carlo Alberto, al quale era legato da antica amicizia. Era considerato tra gli ufficiali piú intelligenti e colti, bravo in battaglia e infallibile nell'organizzare i servizi d'informazione. Si parlava di lui come del prossimo comandante generale dei carabinieri.

– Sta bene, mi è chiaro. Quell'assassino va preso subito. Da questo momento siete dispensato da ogni altro incarico e dall'indossare l'uniforme… ma a questo ci eravate già arrivato da solo, torno a farvi i complimenti. Attivate le vostre fonti, siate gli occhi e le orecchie di questa città, penetrate nel popolo, fatevi umile fra gli umili, scavate, frugate, non esitate a ricorrere a mezzi estremi, se necessario. Un simile delitto non può che essere maturato negli strati piú infimi della società, e pertanto è là che dovrete indirizzare la vostra ricerca. Io sarò con voi in tutto e per tutto, avrete carta bianca, ma, Perdio, prendete quel mostro!

Emiliano ci mise forse un istante piú del dovuto a scattare sull'attenti e rendere il saluto. Lazari colse l'esitazione. Inalberò un'espressione corrucciata.

– Cosa c'è? State pensando alle manovre?

– Signor maggiore, io…

– Badate bene, Saint-Just! Di norma, questo sarebbe un caso di spettanza dell'alta polizia governativa, ma io ho giocato le mie carte e sono riuscito a convincere il re. Vedete, il nostro corpo, anche se già gode di solida fama, è purtuttavia di costituzione tutto sommato recente. Il successo delle nostre imprese e la stima di cui i carabinieri reali godono presso sua maestà ci attirano ogni sorta di invidia e di maldicenza. Sono stato personalmente sfidato dalle alte cariche della polizia governativa. Quei signori ci ritengono inadeguati ai compiti di tutela dell'ordine pubblico. Ho deciso di accettare la sfida. Dimostreremo a quegli zerbinotti da osteria quanto valgono i carabinieri reali.

– Sarà fatto, signore.

– E quanto alle manovre, non deludetemi, Saint-Just. Voi sapete come la penso: le guerre si vincono quando si evita di combatterle. Come credete che abbiamo fermato i sovversivi che volevano invadere la Savoia, nel '34? Con le informazioni, lavorando nelle retrovie, infiltrando, osservando... con la prevenzione... Capisco che un bel petto ricolmo di medaglie fa un certo effetto sulle belle signore, ma lasciamo questa retorica agli sprovveduti. Noi siamo ca-ra-bi-nie-ri! Il nostro compito principale è la tutela dell'ordine. Recitatemi l'articolo 1 del regolamento. Ora, subito!

– «Il... il corpo de' carabinieri reali è una forza istituita per invigilare alla pubblica sicurezza, per assicurare nello interno dello Stato ed in campo presso le regie armate la conservazione dell'ordine, o l'esecuzione delle leggi...»

– Una vigilanza attiva, non interrotta, e repressiva, costituisce l'essenza del servizio, – completò Lazari. Poi si alzò, gli andò accanto, lo prese sottobraccio e lo condusse davanti al finestrone che si apriva su piazza Carlina.

– Guardate, – lo esortò, – guardate, Emiliano. Che cosa vedete, là sotto?

Emiliano si sporse. Non notava niente di particolare, a dire il vero. La piazza era affollata, come sempre, di mercanti che, con una stretta di mano, concludevano le trattative spostandosi da una baracca all'altra, da una tenda all'altra. Passanti infreddoliti si affrettavano a raggiungere una tettoia o i vicini portici, che li avrebbero riparati dalla pioggia battente dell'autunno torinese.

– Movimento. Vita. Normalità. Ordine. Ecco che cosa vedete. Una tranquilla giornata come tante. E questo è il fulcro del nostro compito, Emiliano. Dobbiamo far sí che tutto questo si perpetui, giorno dopo giorno, mese dopo mese, anno dopo anno. Ora, abbiamo un assassino che turba questa quiete, infetta il corpo sano della nostra società. Potreste oppormi che costui si è limitato a uccidere una prostituta, non certo un membro eminente del nostro consesso. Ma questo rende la faccenda ancora piú seria. Personalmente, non nutro alcun disprezzo verso questo genere di donna. La prostituzione è un male necessario, mettiamola cosí. Il popolo ha bisogno dei suoi sfoghi... e anche qualche nobiluomo, – aggiunse, con un sorriso che voleva essere burbero ma che tradiva un sottinteso piú che ammiccante. – Tuttavia, – riprese Lazari, – se il popolo dovesse sentirsi minacciato in uno... svago che, a quanto pare, ha molto a cuore, le conseguenze potrebbero essere funeste, e dare il destro a mestatori di ogni tipo per alimentare la loro propaganda. Ci vuol poco a eccitare gli animi, specie coi tempi che corrono. Perciò questo assassino deve essere catturato. Vi pare un compito da poco? Vi pare un freno alla vostra ambizione? Ma, ditemi, che cosa sono le manovre al confronto della salvaguardia della pace di un'intera città? Stiamo forse parlando della guerra vera, Emiliano? Oh, no! Stiamo parlando di manovre. Esercitazioni. Della prova generale di una guerra che forse ci sarà e forse no, ma intanto... In altre parole, a Novara sareste uno fra i tanti, qui mi siete essenziale. Sono stato chiaro?

Non c'era bisogno di risposta. Emiliano chinò il capo, e provò una certa vergogna per la sua reazione di prima. Lazari sospirò.

– Adesso filate in gendarmeria. Ho selezionato quattro validi sottufficiali. Potete disporne a vostro piacimento. Un'ultima cosa. Massima discrezione. Abbiamo impedito che la notizia di questo atroce crimine venisse divulgata. Non vogliamo che si facciano illazioni di alcun genere. Ma se dovesse succedere ancora qualcosa di simile, Dio non voglia, non potremmo impedire alla stampa di occuparsene. Perciò, oltre a fare, vi esorto a farlo in fretta e in silenzio.

VIII.

Un contadino epilettico un giorno è preso dalla voglia di mangiare della carne umana e lo dice apertamente. Incontrato sulla via un ragazzo, lo atterra e gli strappa coi denti una guancia. Arrestato, evade, va a casa, prende la sua bimba dalla culla e si dà a morderla e mangiarne le carni. Sopravviene la madre, ed egli si scaglia su costei, ma accorre altra gente, è costretto a fuggire. Il giorno dopo ritorna a casa, prende un figlio e fa per schiacciarlo contro la terra, fuggito di nuovo, va in campagna e cerca di rapire il figlio di un altro contadino, e finalmente è fermato e arrestato.

Una contadina, per delirio religioso, uccide i suoi due bambini, piantando loro il coltello nella gola e ne succhia il sangue.

Russell assassina una signora attempata, leva dei pezzi di carne dal cadavere e fa con questi e delle patate un intingolo che mangia.

Un tale, ricoverato in un manicomio francese, trovandosi abbastanza tranquillo, sebbene dominato da idee ambiziose consecutive a delirio di persecuzione, fu adibito ad un ufficio di quello stabilimento. Un giorno costui aggredí un altro pazzo vecchio e debole che passava per un corridoio, gli fracassò il cranio con una sbarra di ferro e, tolti di posto alcuni frammenti ossei della volta, estrasse gran parte del cervello della sua vittima, e si mise a mangiarlo. Sorpreso durante l'orribile pasto, non mostrò alcun turbamento e, per momento, non volle dar ragione dell'eccesso commesso. Piú tardi, essendosi scoperto che egli mangiava il cervello dei sorci e degli uccelli che a caso prendeva, interrogato perché prediligesse quel pasto, rispose che non avendo egli piú cervello, cercava di rifarselo, mangiando quello degli animali e dei suoi simili.

Dopo aver fatto la conoscenza con gli aiutanti che Lazari gli aveva assegnato e aver distribuito i compiti, Emiliano trascorse l'intera mattinata e parte del pomeriggio familiarizzando con il catalogo degli orrori: la biblioteca di Gualtiero era una vera miniera di informazioni, al riguardo. Con i suoi militari non aveva fatto parola della conversazione della sera precedente. Aveva ordinato che si mettessero in borghese, suscitando qualche rimostranza, e li aveva divisi in due squadre.

«Pinín e Faliero, voi trovatemi il prosseneta di quella Rosín e interrogatelo. Fatevi dire tutto di lei, le sue abitudini, i luoghi che frequentava, soprattutto se negli ultimi tempi le era successo qualcosa di strano, se si era imbattuta in un cliente dai gusti particolari, tutto, insomma. Quanto a voi. Brusego e Mayé, girate per i mercati, sentite che dice la gente, avvicinate altre donne... sí, insomma, quelle che potrebbero fare quel mestiere... e ascoltate tutto, annotate tutto, senza perdere un solo sospiro. Ci vediamo domani qui, alla stessa ora, per un rapporto. Se nel frattempo dovesse accadere qualcosa, non esitate ad avvisarmi».

Si era mantenuto sulle generiche. Perché Lazari gli aveva chiaramente fatto capire che l'assassino *doveva* essere un popolano, certo. Ma, soprattutto, e questo a Lazari non lo aveva detto, perché capiva di essersi imbattuto in un mistero fosco, una vicenda che metteva in discussione l'intero sistema dei valo-

ri nei quali era stato cresciuto ed educato. Qui non
si trattava del tagliagole appostato all'angolo della
strada per derubare la sua vittima e, forse, ucciderla.
Né del repubblicano che vagheggiava di abbattere il
trono e instaurare la dittatura della plebaglia. Non
del nostalgico che sognava il ripristino della corda e
della ruota. Tantomeno del soldato nemico che in-
gaggia il duello all'ultimo sangue.

No. Lazari si sbagliava. Ciò che aveva davanti era
qualcosa di diverso. Ci sono cose, tra quelle che gli
uomini sono in grado di fare ai propri simili, che ra-
sentano il sovrannaturale. E le ragioni, se ve ne sono,
stanno annidate nei labirinti della mente, un territorio ancora largamente inesplorato, e che forse mai lo
sarà sino in fondo.

Emiliano rimpianse di non essere un uomo di fede. Un prete avrebbe avuto chiara la risposta agli in-
terrogativi che lo tormentavano: è la volontà di Dio,
o del Diavolo, piuttosto. E anche a lui, con tutta la
razionalità che s'illudeva di possedere, l'assassino
non era apparso come un demone, con il suo becco
adunco e la sua forza smisurata? Eppure, ne era uscito vivo. Eppure, l'arrivo di Jacques e di Gualtiero lo
aveva messo in fuga. Non era certo il comportamento di un demone, la fuga.

– Non so da dove cominciare, – confessò candi-
damente a Gualtiero quando l'amico rientrò, a metà
pomeriggio, eccitato e scarmigliato.

La reprimenda che si era ripromesso di infliggergli
per avergli fatto a pezzi l'uniforme era acqua passata.
La verità è che aveva un disperato bisogno dell'aiuto
di Gualtiero, della sua mente acuta, della sua capacità di spingersi oltre la superficie delle cose.

Gualtiero si liberò degli abiti inzaccherati. Sedettero davanti al camino acceso nel vasto salone. Jacques serví vino caldo speziato alla cannella.

Emiliano mise al corrente l'amico del suo colloquio con Lazari. Gualtiero restò per un po' sovrappensiero. Poi sospirò.

– Quindi, Lazari vi chiede di indagare in mezzo al popolo.

– Già.

– Chiaro. Prostituta uccisa, uguale delitto sordido. Magari vi avrà consigliato di mettere sotto torchio tutti i prosseneti della città...

– Non siamo scesi nel dettaglio, ma l'intenzione era questa.

Emiliano gli parlò degli ordini che aveva impartito ai suoi subalterni. Gualtiero allargò le braccia.

– I tuoi uomini non otterranno alcun risultato. Cominciamo male. Tuttavia, mio caro amico, grazie a te, disponiamo di una miriade di informazioni!

Gualtiero era passato al «tu» senza accorgersene. Emiliano gliene fu grato. Aveva bisogno, anche, della sua confidenza. Aveva bisogno di potersi fidare. E di chi fidarsi, se non di chi ti salva la vita?

– Vorrei poterti dare ragione, ma non so proprio da dove cominciare.

– Procediamo con ordine. Lui ti ha parlato, mi hai detto.

– Sí. Poche frasi. Ma non potrò mai dimenticarle.

– Vorrei vedere! Com'era la sua voce? Rozza, sgraziata, da popolano?

Emiliano ricostruí la sequenza. Risentí la voce dell'assassino. Calda, profonda, educata. Lo disse a Gualtiero, che approvò con un cenno convinto.

– E uno. Ora, andiamo avanti.

Gualtiero fece un cenno a Jacques e il nero scomparve. Tornò pochi istanti dopo, reggendo un foglio di carta che porse a Gualtiero, il quale, a sua volta, lo passò a Emiliano.

– Che cosa vedi, Emiliano?

– Che cosa vedo? Un pezzo di filo incollato su un foglio di carta.

– Bene. E di che colore è quel filo?

– Si direbbe blu... blu scuro, o forse nero.

– Blu scuro, hai detto bene. Dunque. Questo filo proviene da un lembo della manica della tua uniforme.

– Posso toccarlo?

– Delicatamente, prego.

– Uhm... no, mi dispiace contraddirti. La mia uniforme è di un tessuto diverso.

Gualtiero s'illuminò.

– Appunto. Vedi, io ti ho detto che questo filo *proviene* dalla tua uniforme, non che *appartiene* a essa...

Emiliano cominciò a capire.

– Aspetta, aspetta... tu l'hai trovato sull'uniforme...

– Bravo.

– Quindi secondo te proviene dal... mantello dell'assassino?

– Esatto. Durante la colluttazione ti è rimasto appiccicato sulla manica. E credimi, questo frammento dall'apparenza cosí insignificante... parla! Questo è kashmir...

– Kashmir... la lana delle capre orientali... me ne parlava mio padre.

– Si capisce! Napoleone conobbe il kashmir durante gli scontri coi mamelucchi. La corte imperiale impazzí, al punto che si dovette proibirne l'importazione, le nobildonne facevano follie per procurarsi capi d'abbigliamento intessuti con questa morbida meraviglia. E dal 1815, quando è tornato di moda, non ha piú cessato di costituire uno degli ornamenti indispensabili dell'alta società.

– Come fai a essere cosí certo che si tratti proprio di kashmir?

Gualtiero sbuffò.

– Si dà il caso che, fra le mie oltre cento monografie di carattere scientifico, ve ne sia una che riguarda proprio le metodiche da attuare per distinguere i vari tipi di lana da abbigliamento.

– Ti chiedo scusa.

– A ogni modo, oggi sono andato un po' in giro. È istruttivo, sai, concedersi di tanto in tanto un'escursione fra i negozi della nostra bella città. Dunque, abbiamo quattro botteghe che trattano capi in kashmir, e tutti i proprietari, ai quali ho mostrato il filo, ne hanno riconosciuto l'autenticità.

– Bisogna sapere chi ha comperato quel mantello! – esclamò Emiliano, eccitato. Cominciava a intravedere una soluzione.

Gualtiero raffreddò subito il suo entusiasmo.

– Stiamo parlando di almeno cinquanta capi pregiati. Venduti ai piú bei nomi di Torino. Da sua maestà in persona al tuo comandante generale.

Le implicazioni del discorso di Gualtiero si presentarono chiare a Emiliano.

– Siamo nei guai

– In un certo senso. Per quanto Lazari ti abbia dato carta bianca, non puoi certo presentarti dal marchese Caio o dal principe Mevio e chiedergli: scusate, si-

gnore, non è che per caso l'altra sera , mentre vi tro-
vavate casualmente al Valentino, cosí, *en passant*, vi
siete divertito a sventrare una prostituta? Però non
escludo che un paziente lavoro di ricostruzione bio-
grafica possa far emergere, nel passato di qualcuno
di questi illustri signori, un elemento significativo.

– Non ce lo permetteranno mai, Gualtiero. Non
possiamo farlo.

– Non è necessario che vengano a saperlo. Me ne
occuperò io. Comunque, abbiamo già due elementi
significativi. La voce educata e il mantello di kashmir.
Te lo immagini un popolano dalla voce educata che
se ne va in giro in mantello di kashmir?

– Francamente no

– Ecco, neanch'io. Terzo punto. Le lesioni. Sono
inferte con precisione chirurgica. Io stesso non avrei
saputo fare di meglio.

– È un medico, – concluse Emiliano.

Gualtiero apprezzò la sintonia, e versò ancora del
vino. Emiliano, questa volta, declinò l'offerta. Anche Gualtiero si astenne dal bere.

– Se è un medico, – azzardò il tenente, – la nostra
ricerca si restringe alquanto.

– Non traiamo conclusioni affrettate. Potrebbe
essere un medico. Ma anche uno studente, un privato, uno che ha desiderato essere medico ma non
ci è riuscito… è tutto troppo incerto.

– Stiamo trascurando un particolare importan-
te, – sbottò Emiliano, dopo una breve pausa di riflessione. – Il naso. Quell'uomo ha una deformità
troppo evidente per passare inosservata. Il suo naso
è come il becco di un uccello preistorico, una mo-
struosità talmente palese che…

– Magari fosse cosí, amico mio. Senti, come te la cavi con il disegno?

La domanda colse di sorpresa Emiliano.

– Ma, io... ho studiato un po' la figura umana, però...

– Proveresti a disegnare per me quel volto con quel naso?

– Sí, certo.

Traslocarono nel gabinetto di scienza. Solo quando fu seduto al lungo tavolo, davanti a dei fogli bianchi e con in mano un carboncino nero, Emiliano si accorse dell'alta lampada, quasi una replica in scala ridotta dei lampioni di strada, che illuminava l'ambiente.

– Sí, – spiegò Gualtiero, che aveva seguito la direzione del suo sguardo, – è cosí. Ho anch'io la mia piccola illuminazione domestica a gas. Nulla che possa competere con la regia donazione di Carlo Alberto, ma è stato sufficiente installare nella carbonaia un generatore e provvedersi di cavi e bruciatori. Su, disegna questo benedetto naso.

Emiliano si applicò con tutta la diligenza che possedeva. Scartò il primo e il secondo abbozzo, e consegnò a Gualtiero il terzo, del quale poteva dichiararsi soddisfatto. L'amico contemplò, poi si avviò alla biblioteca, ne trasse due grossi volumi e li squadernò davanti a Emiliano. Il tenente lesse i titoli e non poté trattenere un sorriso.

– *Maschere rituali dell'arte medica*, di Gualtiero Lancefroid. *Dell'arte scenica*, di Gualtiero Lancefroid... Decisamente, non cesserai mai di stupirmi.

– Apri il primo a pagina 72 e il secondo a pagina 56. Osserva le riproduzioni e dimmi: quale ti sem-

bra piú simile al naso dell'assassino? – replicò asciutto Gualtiero, senza curarsi dell'ironia sottintesa al
complimento.

Emiliano eseguí. Gli bastò un'occhiata alle figure
per comprendere.

Una maschera. L'assassino indossava una maschera a forma di becco d'uccello.

– Questa, – disse, puntando l'indice sull'illustra-
zione alla sua sinistra, – l'altra è troppo larga e lunga.

– Come immaginavo, – disse Gualtiero con un sospiro, – la riproduzione che hai scartato è quella di
una maschera della commedia dell'arte, la indossava
il famoso Scaramouche, guitto, mimo e avventurie-
ro, si dice... Quella che hai scelto è nota come «maschera della peste». Faceva parte dell'abbigliamento
dei medici durante le pestilenze, nel diciassettesimo
secolo. Nella maschera a forma di uccello venivano
no disciolte sostanze aromatiche, dal momento che
si riteneva che la peste derivasse dal cattivo odore
degli appestati. Sí, dobbiamo cercare un medico, o
aspirante, o fallito.

– Ma perché la maschera?

– Oh, possono esserci molti significati. Evocare
l'idea della morte... il popolo temeva queste maschere. Quindi, può essere usata non solo per travisare
il proprio volto ed evitare di essere riconosciuti, ma
anche per incutere un terrore supplementare nelle vittime. Ti ho già spiegato che quest'uomo gode
nell'infliggere sofferenze. Oppure, può avere un significato piú profondo... no, profondo non è l'agget-
tivo adatto... qualcosa di piú personale. Legato a un
ricordo, forse, anzi, probabilmente, a un trauma. Un
trauma infantile, magari, che nemmeno ricorda piú.

Ma vedremo in seguito, per il momento dispongo di pochi elementi. Allora: sempre convinto che il nostro assassino vada cercato fra la plebaglia?

– Io non l'ho mai pensato, ma ci parli tu con Lazari?

– No. Io ti invito a cena. Jacques sta preparando dei gamberi alla creola. Hai mai assaggiato il gombo? È un vegetale di rara squisitezza, mi costa non poco fare rifornimento per mezzo delle navi inglesi.

– Temo che dovrai fare a meno di me. Sono atteso.

– Ah, già, la bella Naide, – disse piano Gualtiero, mentre un'ombra gli solcava il volto, – pazienza. Vuol dire che mi consolerò suonando il mio violino. Ah, ho fatto portare qui le tue cose, Emiliano. Credo sia opportuno restare per un po' insieme. Lo spazio non manca. Considera la mia casa il quartier generale della caccia all'assassino.

Ma né lui né la sua amata, quella sera, furono in vena di abbandono. L'ombra dell'orribile fine della povera Rosín incombeva. Emiliano, che aveva deciso di accettare l'invito di Lancefroid, rincasò prima del previsto, in preda a cupi pensieri.

Il medico era nel gabinetto di scienza, chino su un altro dei suoi grossi volumi.

– Annuari di corte, – spiegò, – non possiamo interrogare i nobili, ma lo studio delle varie genealogie può offrire spunti interessanti. Va' a dormire, ti vedo provato, amico mio. Domani sarà una giornata densa di attività.

– Naide ti saluta.

Gualtiero si sfilò gli occhialini e lo fissò, serio.

– È una donna preziosa. L'avanguardia di una nuova specie eletta. Un giorno o l'altro quelle come lei erediteranno il mondo. Sei fortunato, Emiliano. Lei ti ama. Devi sposarla.

– Non accetterà mai. È stata molto chiara con me: finché dura...

– Gliel'hai chiesto?

– No, ma...

– Stai forse pensando che un'attrice, quindi una persona della cui moralità chiunque si ritiene in dovere di discettare, non è all'altezza di un giovane e brillante ufficiale? Stai davvero pensando una cosa cosí meschina?

Emiliano si ritirò, incapace di sostenere lo sguardo dell'altro.

Una parte di lui, la meno nobile, pensava proprio questo: che un'attrice non sarebbe mai potuta essere una brava moglie.

E un'altra parte cominciava pericolosamente a vergognarsene.

IX.

Il conte Lazari non gli lasciò nemmeno aprire bocca.

– Eppure, vi avevo chiesto la massima discrezione, Saint-Just! Voi mi deludete!

Emiliano rigirò tra le mani il foglietto, poche righe a caratteri di stampa su una rozza carta di colore bianco sporco.

– Leggete, su!

> L'altra notte nella nostra città è stato consumato un ignobile crimine. Una povera donna di poca virtú, ben nota ai torinesi come «la Rosín», è stata orribilmente massacrata. Le autorità hanno messo a tacere la cosa. Non si vuole che il popolo sappia. Ma il popolo ha diritto di sapere. Nella nostra città si aggira uno spietato assassino. Ha il naso d'argento.

Confuso, esterrefatto, Emiliano fece per rendere il foglietto al maggiore.

– Potete tenerlo, anzi, dovete tenerlo. Scoprite chi scrive e divulga questa robaccia, e mettetelo in condizione di non nuocere. Vi consiglio di ordinare perquisizioni nei circoli dei sedicenti democratici. Qui sotto c'è sicuramente lo zampino dei mazziniani.

– Ne siete sicuro, signore?

Lazari gli scoccò un'occhiata fra lo stupefatto e l'indignato.

– Avete qualche idea, per caso? Quell'insistere sul concetto di «popolo» è una firma. Chi altri, poi, oserebbe tanto?

– Qualcuno che sa della maschera, – sussurrò Emiliano.

– Maschera? Che maschera? Qui si parla di «naso d'argento». Siete stato voi stesso a dirmi...

– Non è un naso, signore. È una maschera. Un'antica maschera medica. La si indossava al tempo della pestilenza.

– E allora? Naso o maschera non fa alcuna differenza. Andate, su, e portatemi buone notizie. L'ultima cosa che vorrei trovarmi a fronteggiare è una rivolta.

Ancora sotto l'effetto delle parole di Lazari, Emiliano si incontrò con i suoi quattro bravi. Quando mostrò loro il foglietto, non parvero sorpresi.

– Ne hanno dato uno anche a me, stamattina presto, in piazza San Carlo, – spiegò Pinín, che sembrava il piú sveglio della truppa.

– Chi?

– Un monello di strada. L'ho afferrato per un braccio e gli ho chiesto da chi l'avesse preso. Mi ha detto che all'alba, alla Dora Grossa, c'era un tizio che offriva un carlino in cambio della distribuzione dei foglietti.

– Te lo sei fatto descrivere?

– Certo, signor tenente. Uno sui quarant'anni, con il labbro leporino, non molto alto, ben vestito. Io poi ci sono pure andato alla Dora, ma quando ci sono arrivato quel tizio non c'era piú.

– Bravo, ben fatto. E voialtri?

Mentre Pinín incassava la lode con un sorriso furbo, Faliero, Brusego e Mayé uno alla volta riferirono sulle attività investigative della giornata precedente. La Rosín era scomparsa dalla circolazione da qualche giorno. Il suo uomo, un certo Brunèl, un ubriacone della peggiore specie, era anche lui introvabile. Nessuno sapeva dove abitasse, tuttavia Mayé contava di scoprirlo presto. Per il resto, nessuno, da nessuna parte, aveva fatto il minimo accenno all'uccisione di una donna.

Emiliano li fissò a uno a uno negli occhi, e chiese:

– Avete parlato con qualcuno della Rosín?

Risposero in coro, indignati: la consegna del silenzio era stata scrupolosamente rispettata.

– Ne siete proprio certi? Magari con le vostre mogli, qualche ragazza...

Pinín scoppiò a ridere.

– Signor tenente, qua nessuno di noi ha famiglia. Quanto alle ragazze, chi ha avuto il tempo di vederle, con tutto quello che è successo?

Emiliano contemplò per un lungo istante quei volti onesti di contadini sottratti alla terra dal prestigio della divisa e dal desiderio di farsi strada nella vita. Il reclutamento nelle file dei carabinieri reali rispondeva a criteri molto rigorosi. La moralità e la buona condotta degli aspiranti venivano esaminate con scrupolo persino eccessivo. Soprattutto quando si trattava di ammettere nel corpo gente del popolo. Persino nei loro modesti panni borghesi Pinín e gli altri non riuscivano a dismettere l'aria marziale conquistata grazie a un duro addestramento.

Se c'era una cosa di cui poteva star certo, era della lealtà di quei quattro.

– Sta bene, – concluse. – Pinín, tu mettiti in cerca di quest'uomo dal labbro leporino. Faliero, tu batti la città, e ogni volta che incontrate un monello coi foglietti, sequestra tutto e minaccia: se accetteranno ancora un simile incarico, si ritroveranno a Fenestrelle. Brusego: a te i democratici. Abbiamo qualche nostro uomo che ha buoni contatti con quei circoli?

– Sissignore.

– Bene. Attivalo. Dobbiamo trovare chi ha fatto stampare quel foglio. Quante stamperie abbiamo qui a Torino?

– Be', c'è quella reale...

– Non scherziamo. Tipografi, stampatori, quando hai finito coi democratici, datti da fare in quella direzione. Se troviamo dove è stato stampato il foglietto, troveremo chi l'ha scritto. Mayé, trovami quel Brunèl, l'uomo della Rosín. Ci rivediamo qui fra... quattro ore, va bene?

X.

Emiliano si congedò dal suo cavallo con una carota amorosamente scelta dall'erbivendolo e una carezza, poi lo affidò allo stalliere del comando di piazza Carlina. Morgante si abbandonò a un nitrito di protesta quando capí che la passeggiata, sin troppo breve, era già finita. Dopo il rapporto dei quattro bravi, Emiliano si era precipitato da Gualtiero, ma Jacques gli aveva detto che Monsieur si era recato di buon mattino all'Accademia delle scienze, ed era là, all'antico palazzo seicentesco, che Emiliano si dirigeva, il passo spedito, incurante dei rovesci di pioggia che si alternavano a brevi schiarite, in quella che aveva tutto l'aspetto di una mattinata bizzarra.

Bizzarra e agitata, e non certo unicamente per via dell'autunno.

Lungo la strada, si era imbattuto in piú di un capannello di gente che si passava il famigerato foglietto. La notizia dell'esistenza di un feroce assassino dal naso d'argento aveva fatto il giro della città. Eccitazione e paura si potevano toccare con mano.

Aveva ragione Lazari. Questa faccenda doveva essere risolta subito.

All'Accademia gli dissero che il dottor Lancefroid era a colloquio con il presidente, e lo fecero accomodare in un salottino, assicurando che la sua presenza sarebbe stata subito segnalata. Emiliano si dispose all'attesa. Qualcuno aveva abbandonato una copia della «Gazzetta Piemontese», l'organo ufficiale del regno. Sfogliando il giornale, pensò che forse imporre il segreto sull'uccisione della Rosín era stato un errore. Meglio sarebbe stato rilasciare un comunicato ufficiale, in stile formale. Qualcosa come «le autorità indagano e in breve tempo il caso sarà risolto». L'opinione pubblica ne sarebbe stata rassicurata, e gli sfaccendati non avrebbero avuto di che spettegolare. Ma forse adesso era troppo tardi. Si ripromise di parlarne con Lazari.

Una porticina si aprí, e Gualtiero fece la sua comparsa.

Con lui c'era un anziano gentiluomo nell'alta uniforme dei carabinieri reali. Emiliano lo riconobbe subito e scattò in piedi, irrigidendosi nel saluto.

Alessandro di Saluzzo di Menusiglio, uno dei primi comandanti, in carica sin dalle regie patenti di Vittorio Amedeo, che nel 1814 avevano istituito il corpo, fissò interdetto quel giovane borghese che si atteggiava a militare.

– Vi presento il tenente Emiliano Mercalli di Saint-Just, – si affrettò a spiegare Gualtiero, e poi subito aggiunse: – Collabora con me alla ricerca della quale mi sto occupando.

Di Saluzzo si mise a osservare Emiliano con aria guardinga. Indicò la cicatrice fresca.

– Quella come ve la siete fatta? In duello, per caso, questioni di donne?

– Signor generale, io...

– Comodo, tenente, comodo... siamo già stati presentati?

– Ho avuto l'onore durante la festa di…

– Cosí voi vi interessate di araldica, – commentò, asciutto, il presidente dell'Accademia delle scienze.

Emiliano intercettò l'occhiata vigile di Gualtiero e si affrettò a confermare. Di Saluzzo sbuffò.

– Non riesco a immaginare una disciplina piú noiosa e arcaica dell'araldica. Comunque, visto che siete cosí interessati, fate come se foste a casa vostra.

E girò sui tacchi, scomparendo per la stessa porticina dalla quale era entrato, senza dilungarsi in convenevoli.

Gualtiero si fregò le mani.

– Bene. Sei capitato a proposito. Abbiamo un bel po' di cartacce da esaminare.

Emiliano gli porse il foglietto. Gualtiero lesse, impallidí, lo afferrò per un braccio.

– Vieni. Non c'è un momento da perdere. Hai la tua carrozza?

– Sono venuto a piedi.

– Pazienza. Prenderemo una vettura. Presto, presto, non c'è un minuto da perdere!

Scesero in strada. Gualtiero, in preda a una straordinaria eccitazione, si mise per traverso a una carrozza che avanzava di gran carriera sulla via, rischiando di farsi travolgere. Quando seppe che la loro destinazione era la Vanchiglia, zona malsana e malfamata, il cocchiere cercò di mercanteggiare sul prezzo. Gualtiero gli allungò una manciata di denari e l'uomo fece segno che potevano montare.

– Sei armato, Emiliano?

– No.

– Prendi questa.

Gualtiero si frugò nelle tasche e gli consegnò una piccola pistola da tasca del tipo «a luminello». Poco piú che un giocattolo, ma, da breve distanza, micidiale.

– Siamo in pericolo?

– Forse no, ma meglio stare in guardia.

– Vuoi spiegarmi?

– Quel tuo foglietto... è una cosa terribile, terribile!

– Pensi anche tu a una congiura dei mazziniani?

– Non dire idiozie, Emiliano! Che ne sanno i mazziniani del naso d'argento?

– È quello che ho detto a Lazari.

– Lo vedi? Maledizione, piú in fretta, piú in fretta!

Gualtiero si era sporto per incitare il cocchiere. La carrozza prese una buca e uno schizzo di fango investí il medico, lordando il suo bel mantello color crema.

– Fango! – ruggí Gualtiero. – È tutto quello che mi merito!

– Torno a chiederti: vuoi spiegarmi?

– Qualcuno ha parlato.

– C'ero arrivato da solo. Ma chi? Soltanto tu, io, Jacques e Naide sappiamo del naso d'argento, sí, insomma, della maschera. I medici del Mauriziano non lo sapevano, Lazari non lo sapeva. E siccome voglio credere che nessuno di noi quattro si sia lasciato scappare una sola parola, allora...

– C'è un'altra persona che sa.

Emiliano restò senza parole.

– Una donna, – disse, piano, Gualtiero, – era con me al Valentino.

Emiliano tornò con la mente a quella sera maledetta. Rivisse l'aggressione. Si sfiorò la cicatrice. Ri-
cordò l'odore, quell'effluvio penetrante, dozzinale.

– Chi è? Che ci faceva con te al Valentino?

– Te lo spiegherà lei stessa, se avremo la fortuna
di trovarla.

– Perché non me ne hai parlato prima?

– All'inizio non sapevo se potevo fidarmi.

– Grazie, dottore, – commentò Emiliano, sarcastico.

Gualtiero gli prese le mani, con un moto appassionato.

– Ascoltami. Stiamo giocando una partita pericolosa. Un passo falso e tutto andrà a rotoli. L'assassino resterà impunito, e noi saremo presi per pazzi.
Vuoi finire i tuoi giorni al manicomio? Fidati. Ti
avrei detto tutto, me ne è solo mancata l'occasione.

– Vanchiglia, – strillò il cocchiere. E mentre Emiliano e Gualtiero scendevano dalla carrozza, sputò
per terra, levò il frustino e si preparò a invertire la
marcia.

– Aspetta qui, – lo bloccò Gualtiero.

L'uomo sfregò l'indice contro il pollice, in un gesto inequivocabile.

Gualtiero gli allungò un'altra manciata di monete.

Quello le contò, parve soddisfatto, e depose il
frustino.

XI.

Nei prati mefitici della Vanchiglia si riversavano, come in una conca desolata, i liquami della città. Il cuore pulsante della capitale del regno era così prossimo, eppure sembrava di stare in un altro continente. Un continente lacero e misero che non faceva onore ai progetti di modernizzazione vantati dalle autorità.

– Lo chiamano «il quartiere dei moschini», se ne capisce bene la ragione. Qui i pavimenti sono fatti con le acque della Dora. L'umido penetra nelle membra, le sfalda, a lungo andare uccide. Non si vive a lungo, alla Vanchiglia. Carlo Alberto ha promesso la bonifica, – spiegò Gualtiero, avviandosi a grandi passi, – c'è da augurarsi che mantenga la parola. E nonostante tutto, guarda: quanta vita, persino qui.

Sí, c'era molta vita nelle costruzioni che si assiepavano disordinate lungo il corso centrale e le fangose viuzze laterali della Vanchiglia. Botteghe che risuonavano dei ferri degli artigiani, odori di mescita, monelli che si rincorrevano, un prete dall'ampia tonaca svolazzante che bussava di porta in porta col suo messaggio di fede, stracciaioli che rimestavano in tini dai quali saliva il tanfo inconfondibile della concia. C'è ancora molto da fare per Torino, pensò Emiliano. E per una volta non si chiese se la velata critica, implicita nel suo pensiero, fosse confacente al rango e al ruolo.

– Ecco, è qui. Carlotta! Aprimi, sono io, il dottore!

Gualtiero si era arrestato davanti a una casupola che sembrava sprofondare in un avvallamento di terriccio umido e tenaci erbacce. Ma nonostante la miseria circostante, pareva un edificio ben tenuto, e sulla porta, dipinta di rosa, spiccava una targa con un nome incongruo per quei luoghi: «Madame Charlotte».

– Sí, è il suo nome d'arte, – bonfonchiò Gualtiero, sbrigativo, assestando un pugno all'uscio.

La porta si aprí piano. Non era serrata.

– Aspetta. Entro prima io, – ammoní Gualtiero.

Nelle sue mani era comparsa una piccola pistola, in tutto e per tutto simile a quella che, poco prima, aveva offerto a Emiliano.

Il tenente concesse al medico qualche secondo, poi varcò anche lui la soglia.

– Non c'è nessuno. Come temevo.

Il locale era in penombra. L'odore di profumo era forte, ma non riusciva a nascondere un sentore di sudore umano. Eppure dall'insieme traspariva un certo decoro. Emiliano, incuriosito, scostò un paio di tende. La casa di Madame Charlotte era composta di due stanze minuscole, un ingresso con tavolo e tre sedie, pitture ingenue alle pareti, un lavabo con un vaso pieno d'acqua e un braciere, e una piú ampia camera da letto. Il letto era sfatto, le lenzuola sottosopra.

– E se l'avesse portata via? – mormorò Gualtiero.

– Chi?

– Lui. L'assassino.

– Perché avrebbe dovuto?

– Perché forse lei è in grado di riconoscerlo.

Emiliano perse la pazienza.

– Io devo sapere, maledizione!

– Dopo. Ora dobbiamo trovarla. Torna in città, mandami Jacques, e di' ai tuoi uomini di cercare Carlotta per mari e monti. È essenziale, Emiliano, credimi!

Per un istante, un breve istante, Emiliano fu tentato di non metter freni all'irritazione. Non solo Gualtiero gli aveva taciuto informazioni preziose, ma ora si metteva anche a dare ordini. In altre circostanze non avrebbe certo lasciato correre. Ma non era quello il momento.

– Sta bene, – sbuffò, reprimendo il risentimento, – ma stasera, lo voglia o no, mi dirai tutto!

Gualtiero annuí.

Emiliano uscí dalla casupola. E si trovò davanti un moccioso che tirava su col naso.

– Siete qui per la Madama? Non c'è!

– Scansati, fanciullo.

– Dice che l'ha presa *el Diaul*!

Gualtiero, accorso nel frattempo, si avventò sul ragazzino, prese a scrollarlo per le spalle.

– Chi è il Diaul? Chi lo dice? Chi?

– Ahi, mi fate male, signore!

Emiliano dovette strapparglielo letteralmente dalle mani. Poi arruffandogli i capelli gli allungò una moneta, che quello fece scomparire alla velocità del fulmine.

– Allora, su, chi è che ti ha parlato del Diaul?

– Lo dicono tutti.

– E che dicono?

– Che *el Diaul* fa le cose brutte alle donne.

– Ah, ho capito. E com'è fatto questo Diaul?

– Tutti lo sanno com'è il Diaul. Ha il naso d'argento!

I due amici si scambiarono uno sguardo piú angosciato che stupefatto.

Il popolo aveva emesso il suo giudizio.

XII.

Emiliano varcò la soglia del comando di piazza Carlina con qualche minuto di ritardo sulla tabella di marcia. Tre dei suoi uomini lo aspettavano, impazienti. Mancava all'appello Mayé.

Le notizie erano pessime. Brusego era stato mandato a quel paese da tutte le stamperie alle quali si era rivolto, e d'altronde l'idea che un onesto artigiano mettesse a repentaglio lavoro e libertà per quel tipo di propaganda era alquanto balzana. Brusego, comunque, era sulle tracce di un paio di stampatori clandestini, e aspettava novità da un momento all'altro. Quanto ai democratici, sempre Brusego spiegò che, se era lecito esprimere un'opinione, c'entravano come i cavoli a merenda.

– Non è roba loro. C'è un tale che parla volentieri con noi, un avvocato. Ha letto anche lui il foglietto, ed è pronto a giurare che non è il loro stile. Com'è che ha detto… ah, sí… manca la parola decisiva.

– E sarebbe?

– Rivoluzione, con tutto il rispetto, signor tenente.

Faliero aveva sequestrato cinquanta fogliacci, ma dell'uomo dal labbro leporino nessuna traccia. Peggio di un fantasma, commentò Pinín, provato dalle lunghe ore di inutili scarpinate.

Emiliano disse che per il momento potevano lasciar perdere il resto. Era necessario concentrarsi su una prostituta di nome Carlotta, o Madame Charlotte.

Pinín si agitò.

– La conosci, per caso? – spiò Emiliano.

Pinín arrossí. Gli altri due faticavano a contenere il riso.

Emiliano si schiarí la voce.

– Che tipo è?

– Una brava ragazza, signor tenente.

Faliero lasciò partire un cachinno osceno. Pinín lo fulminò con un'occhiataccia.

– Ordine! – tuonò Emiliano.

I tre carabinieri chinarono il capo.

– Cercatela. C'è altro?

I tre si scambiarono un'occhiata timorosa, poi Pinín si fece coraggio.

– Il popolo, signor tenente…

– Allora?

– C'è agitazione. Dicono che la morte di quella poveretta è opera del Diaul.

– Sí, ne ho sentito parlare, – confermò Emiliano.

Pinín, rinfrancato, osò una domanda.

– È vero che ha il naso d'argento?

– Non è un naso. È una maschera. Non potevo dirvelo prima.

Li mise al corrente con poche parole. Pinín annuí.

– È tutto chiaro. Quand'ero piccolo, mia nonna mi raccontava le storie del Diaul, che ha il naso d'argento. Ora questo assassino ha messo la maschera, e il popolo ha fatto confusione

– Ma potrebbe anche averlo fatto di proposito. Proprio perché si pensasse al Diaul.

– Ma perché? – sbottò Faliero.

– Se avessi la risposta non saremmo qui, vi pare? – tagliò corto Emiliano.

Chiese udienza a Lazari e gli espose il suo piano. Argomentò con tutta la calma e la precisione di cui era capace. Il conte stette a sentirlo, lodò il suo spirito d'iniziativa, e gli negò il consenso.

– Pubblicare un comunicato sulla «Gazzetta»! Non mi pare una buona idea. Ecciterebbe ancora di piú gli animi. Prendete il colpevole e questa storia sarà presto dimenticata. È questo il vostro compito!

Anche se il suo superiore aveva torto marcio, non era il caso di ribattere. Il solo fatto di dubitare della decisione di un capo, fra l'altro, era già indice di una pericolosa deviazione. Emiliano si scoprí a pensare che, da quando il caso lo aveva messo fianco a fianco con Gualtiero, il suo modo di pensare stava cambiando. E troppo rapidamente. Se poi ci si metteva l'influenza di Naide... Il pensiero di lei lo allietò. Quella sera recitava Desdemona al *Teatro Regio*. C'era un palchetto che lo attendeva. Anche Gualtiero era invitato.

Ma ce l'avrebbe fatta a non mancare?

Aveva appena abbandonato gli uffici del comando che quasi si scontrò con Mayé.

– Ho trovato Brunèl!

– Dov'è?

– In una baracca sulla via di Chieri.

Emiliano si fece dare spiegazioni dettagliate.

– Ci vado con Morgante. Tu raggiungimi.

Ci arrivò a mezzo pomeriggio. Il cielo brontolava, lampi lontani preannunciavano tempesta.

Davanti a una baracca, legato a un palo per mezzo di una grossa catena, si dimenava, ringhiando, un grosso cane dalla razza indefinibile. Dalla bava che gli colava dalle fauci e dal catino rovesciato che era finito fuori dalla sua portata, Emiliano comprese che la povera bestia stava morendo di sete. Si guardò intorno. Individuò una piccola fontana e riempí d'acqua la ciotola. Il cane bevve avidamente.

Emiliano si accostò, gli porse la mano da annusare e il cane si accucciò, mugolando. Emiliano lo sciolse. Il cane si scrollò, poi si diresse di corsa verso la baracca e prese a raspare con furia contro l'uscio. Emiliano sollevò il paletto che fungeva da serratura, scostò la porta.

Lo ferí l'odore nauseabondo, accompagnato dal ronzio insistito di uno sciame d'insetti.

Il cane guaí e si addentrò nella baracca.

Brunèl giaceva di traverso su un giaciglio lordo di sangue, la gola squarciata da un estremo all'altro.

Quando raggiunse la baracca, sotto una pioggia battente, Mayé trovò il suo capo sotto il precario riparo di una tettoia. Fumava un sigaro, il tenente, e con una mano carezzava, con insospettabile tenerezza, un cane rognoso.

– Va' a chiamare il dottor Lancefroid, – ordinò Emiliano, – digli di venire in carrozza e di portare Jacques. Io lo aspetto qui.

XIII

Non c'era allegria nell'ampio salone di casa Lancefroid. Jacques sorvegliava il fuoco, alternando ceppi di diverse dimensioni nell'elegante camino. Faville gagliarde ascendevano alla cappa fra lo scoppiettio dei legni piú piccoli. Naide sorseggiava un vermut, compostamente seduta su una poltroncina stile reggenza. Emiliano fumava il sigaro. Gualtiero, di tanto in tanto, strappava un lamento allo Stradivari.

Erano stanchi, delusi, inquieti, ma sapevano di non potersi arrendere. Cedere avrebbe significato lasciare campo libero all'assassino. E non potevano permetterlo: soltanto loro potevano fermarlo. Prima che fosse troppo tardi.

Era stato Gualtiero a insistere perché Naide fosse presente. Jacques l'aveva attesa all'uscita dalla rappresentazione, ma lei, sulle prime, si era negata. L'assenza di Emiliano alla prima dell'*Otello* l'aveva ferita. Nemmeno le ovazioni esaltate del pubblico erano riuscite a strapparle un sorriso. Solo quando Jacques le aveva spiegato che Gualtiero aveva «importanti rivelazioni» da condividere, si era convinta a seguirlo.

Gualtiero serví formaggi, frutta, cioccolato, e prese la parola.

– È cominciato tutto qualche mese fa, in primavera. Ero tornato da poco a Torino dopo un viaggio in Estremo Oriente, dove, fra l'altro, mi era capitato di scoprire una nuova specie di farfalla, la *Meropsys Galterii*, così denominata in mio onore… ma non divaghiamo. Dunque, Pierfederico Demorins, visconte di Orbassano, un collega dei tempi dell'università, un bravo medico ma, se posso esprimermi in questi termini, non un'aquila, invocò la mia consulenza a proposito di un caso singolare. Lungo la via di Pinerolo era stato ritrovato il corpo di una fanciulla.

– Una prostituta, – esclamò Emiliano.

– No. Una povera contadina, – lo contraddisse il medico, – alle prostitute arriveremo dopo. Dicevo… questa ragazza presentava ferite alquanto singolari, che Demorins mi chiese di esaminare. Lo feci, e mi accorsi subito di essere alle prese con qualcosa di nuovo, persino per me che, pure, avevo già maturato una vasta esperienza in questo campo. «Che ne pensate»? chiesi allora, prudentemente, a Demorins. Rispose che, a suo avviso, la ragazza era stata colta da una sincope, o comunque da un male che l'aveva stroncata. Le ferite erano opera successiva, di animali selvatici. Ma di che razza di animali si trattasse, non arrivava a comprenderlo. Sul momento non feci osservazioni, e promisi che mi sarei fatto vivo nei giorni successivi. Condussi per mio conto una breve inchiesta, e venni a sapere che altre due giovani della zona avevano fatto una fine analoga. Queste ultime, sí, erano prostitute. In tutti e tre i casi i controlli erano stati sommari. I corpi non erano stati nemmeno sottoposti ad autopsia. Si era concluso che le sventurate erano morte per cause naturali, e che le fiere se ne erano nutrite. Girava voce che nei dintorni avesse stabilito la sua dimora un grosso lupo, tanto che i paesani avevano organizzato battute di caccia. Però infruttuose, perché non c'era nessun lupo. Purtroppo quello scempio era opera dell'uomo... Nei giorni successivi, con l'aiuto di Jacques, procedetti a esumare le salme di quelle due sventurate.

Naide fissò Gualtiero con espressione incredula. Emiliano si affrettò a intervenire, interrompendo l'amico.

– L'ha fatto nell'interesse della scienza e dell'ordine, Naide.

– Ci mancherebbe! Non fraintendetemi, voi due: non sono scandalizzata, sono ammirata. Andate avanti, Gualtiero.

Emiliano comprese perché Gualtiero insistesse cosí spesso per averla accanto. L'aveva sperimentato piú volte: davvero il medico e la sua innamorata parlavano la stessa lingua. Dovette farsi forza per non impiantare una scenata di gelosia. Si limitò, con un cenno del capo, a invitarlo a proseguire.

– Ebbi la conferma delle mie supposizioni. Le ferite erano identiche fra loro. Erano ferite da arma da taglio. Gli organi interni erano stati asportati. Non esiste animale al mondo capace di tale precisione chirurgica. La verità è che io quelle ferite avevo già avuto occasione di vederle... Jacques!

Il nero si passò una mano sulla fronte, come a voler cancellare un ricordo troppo tremendo per poter essere richiamato. La sua voce risuonò grave.

– Padron Monastier. Lui faceva quelle cose alle donne, laggiú, a Port-au-Prince...

Naide contemplò con immensa simpatia il gigante, che sembrava sull'orlo di una crisi di pianto. Gualtiero riprese a dire, con un sospiro.

– Jérôme Monastier. Grande coltivatore di canna da zucchero, filantropo, posa da intellettuale, aveva in mano la polizia dell'isola. Irrimediabilmente affetto da monomania omicida. Quando cominciarono a scomparire le ragazze, e poi si trovarono i corpi, disse che si trattava sicuramente di vudú.

– Vudú non è massacro, – protestò, con energia, Jacques, – vudú è religione!

– Già, – proseguí Gualtiero, – il fatto è che, per quanto la gendarmeria di Haiti potesse essere corrotta, c'era, in mezzo a loro, una persona perbene.

– Jacques, – sussurrò Emiliano.

Il nero annuí.

– Jacques indagò, raccolse le prove e... Monastier lo fece arrestare. Lui riuscí a fuggire. Lo incontrai mentre si nascondeva nell'isola. Mi raccontò la storia. Feci le mie indagini. Capii che aveva ragione.

Il dottore si concesse una pausa sapiente. Naide, le gote in fiamme per l'eccitazione, lo scongiurò di non tenerli sulle spine. Era molto presa dalle parole di Gualtiero, notò con amarezza Emiliano.

– Non c'era niente da fare contro Monastier. Troppo potente. Potevo solo salvare Jacques. Acquistai per lui documenti falsi, corruppi a destra e a manca, ed eccoci qui.

– Ma cosí quell'uomo può continuare a uccidere!

All'esplosione di Naide, il volto del gigante si era contratto in una smorfia.

– Un mio antenato era con Toussaint, signora, ed è stato grazie a uomini come lui che Haiti oggi è ter-

ra libera. Toussaint era un combattente. La violenza
non lo spaventava, e non aveva paura della morte.

– Prima di imbarcarci chiesi un colloquio a Monastier, con il quale ero formalmente in ottimi rapporti, – lasciò cadere con noncuranza Gualtiero, – e
ci mandai Jacques.

La smorfia si fece sorriso. Un sorriso, se possibile,
ancora piú sinistro.

Emiliano si alzò, d'impulso, e andò ad abbraccia-
re Jacques. Dopo un breve silenzio, Gualtiero riprese la parola.

– Ma torniamo a noi, amici. Scrissi a Demorins:
le ferite della contadina erano dovute a un lupo che,
con tutta probabilità, aveva una particolare confor-
mazione della dentatura. Una scusa perché la sua
coscienza si mettesse in pace. Ero certo di essermi
imbattuto in un nuovo caso di monomania omicida,
e non volevo correre il rischio di essere considerato
un pazzo... tu mi capisci, vero, Emiliano?

– Perfettamente

– Bene. Abbozzai un ritratto del possibile assassino. La precisione del taglio faceva pensare alla tecnica di un chirurgo, o anche di un macellaio.
Scartai il macellaio: non c'era rozzezza né improv-
visazione, nella scena del delitto. Il corpo era ma-
ciullato, ma singolarmente ricomposto, quasi come
in una composizione sacra. È tipico di questo genere di maniaci. Amano la scenografia. No, lui era
un uomo di classe superiore. Uno di noi. E dunque
sarebbe stato molto difficile catturarlo. Cominciai
a frequentare prostitute. Per ragioni esclusivamente scientifiche, preciso.

Trasalirono tutti. Con uno schiocco secco, da un ciocco imperiale che ardeva al centro del camino si era staccata una scheggia ed era andata a schiantar-si sul pavimento, a pochi centimetri dagli stivaletti di Gualtiero.

Jacques, senza scomporsi, raccolse il ciocco con la mano nuda e lo ributtò nel fuoco.

Intanto Gualtiero era arrossito e, d'istinto, aveva rivolto un'occhiata imbarazzata a Naide.

Lei gli dedicò un sorriso soave.

– Andate avanti, dottore. Sono un'attrice. Me ne hanno dette di tutti i colori.

– Scusate, – si giustificò Gualtiero, – a volte di-mentico di che meravigliosa natura siete fatta.

A onta delle circostanze, Emiliano ridacchiò. Non aveva avuto il tempo di approfondire le inclinazio-ni amatorie del suo nuovo amico, ma quel «ragioni esclusivamente scientifiche» suonava come una co-lossale millanteria.

Tuttavia, per qualche secondo nell'ampio salone dominò il silenzio.

Come tutti gli uomini giovani del suo tempo, Emiliano era stato iniziato all'*ars amatoria* da una professionista. Ufficialmente proibita, la prostituzio-ne a Torino e nel resto del regno era ben tollerata. Tutti sapevano che Carlo Alberto stava studiando un regolamento che, di lí a poco, l'avrebbe resa at-tività lecita. Nel frattempo, la pratica dell'amore mercenario era considerata tutt'altro che disdice-vole dall'alta società, con buona pace delle lamen-tazioni dei bigotti. Purché, beninteso, la si eserci-tasse con discrezione, nei luoghi appropriati, in al-cove ben tenute, senza dare pubblico scandalo. Per il popolo, era tutta un'altra storia. Prostituzione equivaleva a miseria, malattia, schiavitú. Emiliano aveva visto l'abitazione di Madame Charlotte, e ne aveva tratto un'impressione di sostanziale decoro. Verosimile che lei e la povera Rosín fossero a metà strada fra le puttane da taverna e le cortigiane dell'alta società. Si chiese se, fra una ragione scientifica e l'altra, Gualtiero si fosse concesso qualche distrazione. Ma era un tipo cosí eccentrico! Possibile, dopotutto, che non mentisse.

Naide pilucò un chicco d'uva fragola e si rivolse al medico.

– E allora? Queste... signore, Gualtiero, vi hanno instradato sul giusto sentiero?

– Non è stato semplice. L'ambiente è... chiuso, e quelle donne non parlano volentieri dei loro clienti. Però, grazie alle mie insistenze e a robuste elargizioni in denaro, riuscii a entrare in confidenza con Carlotta. Aveva una storia triste alle spalle, ma conoscendola meglio mi convinsi che in fondo era una brava ragazza.

Anche Pinín si era espresso cosí su Carlotta: una brava ragazza. Emiliano sentiva crescere il disagio per l'inchiesta. El Diaul, chiunque fosse, continuava a far vacillare le sue certezze. Non avrebbe mai pensato di poter provare tenerezza persino per una donna di piacere.

– Chiesi a Carlotta di interrogare le «colleghe» con cui era in rapporti. Volevo appurare se, nei mesi passati, qualche ragazza fosse scomparsa in circostanze misteriose. Ma non approdai a nulla. Le chiesi allora di tentare di sapere se nell'ambiente ci fosse mai stata notizia di clienti che facevano richieste stra-

ne, che non si limitassero a... ai rapporti consueti
fra uomo e donna. Cercavo un pervertito. Cercavo
il mio maniaco. A volte, costoro si arrestano sulla
soglia del delitto e l'omicidio giunge al culmine di
una progressione, poiché, sino a un certo momento,
sono pure in grado di esercitare un sia pur minimo
controllo sui propri impulsi. Payne, un mio collega
inglese, racconta di un capomastro di Bristol che...

– Trovaste qualcosa, insomma? – Naide sembrava averne abbastanza delle digressioni di Gualtiero.
Che, però, non amava essere interrotto, e cosí perse
il filo del discorso, e per un istante si guardò intorno, smarrito.

– L'hai trovato, il maniaco? – gli venne in soccorso Emiliano.

– Sí, no, voglio dire... trovai la Rosín. Carlotta
mi riferí che questa sua amica usava intrattenersi con
un distinto gentiluomo. A ogni seduta le richieste di
costui si erano fatte piú esplicite, piú spinte. Non mi
pare il caso di entrare nei dettagli.

– Sono d'accordo, – convenne Emiliano.

– Niente affatto! – protestò Naide. – Dobbiamo
sapere tutto.

– Sta bene, – sospirò Gualtiero, – questo è il giusto
atteggiamento scientifico. Dunque. Dapprima Rosín
fu pagata profumatamente per ricevere frustate. In
seguito lui la usò come ceneriera per il suo sigaro...

– E lei accettava tutto questo! – insorse Naide.

– Aveva bisogno di soldi. Per sé e per Brunèl, ri-
dotto ormai a un rottame umano. E non aveva altro
modo per procurarsene. La terza volta lui la legò al
letto e si divertí a tagliuzzarla, ma solo leggermente,
e con il suo consenso.

– È lui, non c'è dubbio, – esclamò Emiliano.

– C'era ancora la possibilità di un errore. Ve l'ho detto, la progressione. Sinora aveva osservato un certo limite. Un maniaco, ma non un monomaniaco omicida. Perciò presi ancora tempo.

Il medico balzò in piedi, strinse i pugni e prese a percorrere la stanza ad ampi passi.

– E sbagliai! Commisi l'errore fatale. Ma fu anche colpa di Carlotta, credetemi. Troppo tardi lei mi rivelò il particolare decisivo... *in nessuno dei loro incontri lei era stata posseduta!*

XIV.

Alla rivelazione di Gualtiero, Naide si portò le mani al viso e prese a scuotere la testa. Emiliano restò freddo.

– E dunque? Perché questo particolare dovrebbe essere cosí decisivo?

Naide sbuffò.

– Sta tutto lí, Emiliano. A lui non interessa il sesso. Ciò di cui ha bisogno è il dominio. Il dominio, e la sofferenza.

– Precisamente, – ruggí Gualtiero, e aggiunse, piú calmo: – È un vero peccato che una donna del vostro valore non possa studiare la medicina.

– Un peccato per me e per la scienza, un vantaggio per voialtri, – constatò Naide, con perfidia. – In fondo non è su questo che si basa il vostro potere? Dominio, da un lato; e dall'altro, sofferenza.

– *Touché*, – ammise Gualtiero.

Emiliano, invece, si chiese se, date le sue idee, Naide non fosse, oltre che una donna del tutto speciale, una specie di rivoluzionaria. E il pensiero che forse, un giorno, si sarebbe potuto trovare a indagare sul suo conto, lo sgomentò. Doveva consigliarle di essere piú guardinga.

– Infine, scongiurai Carlotta di convincere Rosín a rivelarle l'identità del misterioso maniaco. Ero disposto a pagare, e bene, almeno quanto lui. Consegnai a Carlotta una discreta somma. Ma niente. Rosín temeva che Carlotta glielo portasse via e mantenne il segreto. Almeno, – sussurrò Gualtiero, improvvisamente depresso, – questo è ciò che ho creduto a lungo.

– Che cosa volete dire? – chiese Naide.

– Dopo, dopo. Ora devo raccontarvi di quella sera. La sera del delitto. Ero riuscito a strappare a Carlotta un impegno e una promessa. L'impegno consisteva in questo: poteva trattenere la somma che le avevo consegnato; in cambio, lei avrebbe smesso di esercitare il mestiere e avrebbe passato tutto il suo tempo spiando la Rosín. Quanto alla promessa, le dissi che avrebbe dovuto avvisarmi se la donna avesse incontrato il maniaco. E cosí quel giorno maledetto lei venne qui, e mi disse che la Rosín le aveva confidato che l'uomo le aveva fissato un appuntamento.

– Dove? Quando?

– Dove: in una casa discreta ai margini del centro di Torino, che una vedova in ristrettezze a volte concedeva alla Rosín contro il pagamento di una piccola percentuale. Quando: un'ora dopo la fine della cerimonia dei lampioni. Ricordate, vero, Dora Grossa illuminata, il tripudio della folla… Era la notizia che attendevo. Jacques e io ci preparammo con la massima cura. Eravamo armati, determinati, e vi assicuro che se io non sono, per natura, un combattente, anche se non mi tiro indietro alla bisogna, per aver ragione di Jacques non basterebbe un esercito.

– Monsieur esagera, – commentò Jacques, asciutto.

– Ma le cose non andarono secondo i miei piani. La casa in uso alla Rosín era deserta. Attesi ben oltre l'ora prevista, poi, molto arrabbiati, Jacques e io andammo da Carlotta. Lei cadde dalle nuvole. Era certa del luogo e dell'ora dell'appuntamento! Disse che forse all'ultimo momento l'incontro era saltato, o che l'uomo aveva cambiato idea e aveva portato la Rosín da qualche altra parte: non aveva una sua casa, e la baracca di Brunèl non era il luogo adatto a un convegno di quel genere. Obbligai Carlotta a ripetermi per filo e per segno le confidenze della Rosín. Ottenni un indizio. A quanto pare, l'uomo le aveva promesso che, un giorno o l'altro, l'avrebbe portata a passeggio, come fanno gli innamorati, e lei ne era felice. Quello strano individuo l'avrebbe fatta sentire una signora, per la prima volta nella sua vita. Giunsi alla conclusione che l'unico luogo dove il maniaco avrebbe portato la povera Rosín era il Valentino.

– Tanto valeva tirare a indovinare. Mi sa di stregoneria, – osservò Naide, per niente convinta.

– Ah, stregoneria! Ma fatemi il piacere! – protestò Gualtiero. – Proprio voi venite a parlarmi di stregoneria. Si tratta di un semplice procedimento logico. Ora non sto a spiegarvene i passaggi, perché potrebbero apparire complicati, anche se in realtà...

– Temete che il mio cervellino di femmina non sia in grado di comprendere?

– Naide! – insorse Emiliano.

Gualtiero gli fece cenno di tacere.

– Diciamo, – spiegò, freddo, – che poiché le ragazze di Pinerolo, quelle che avevo esaminato ai tempi di Demorins, erano state uccise e fatte ritrovare in luogo aperto, era ovvio, a una mente acuta, che il delitto sarebbe stato commesso in un luogo spazioso, aperto.

– Non esiste solo il Valentino, – obiettò Naide.

– Rosín era una meretrice. Quello era il collega-
mento con il Valentino: la sua attività.

– E come facevate a sapere che proprio quella sera... – insistette lei.

– Aveva ragione, – s'inserí, piano, Emiliano, ca-
rezzando una mano di Naide. La bella attrice scosse
appena il capo e rivolse al medico un cenno gentile.
Era un suo modo per uscire da una disputa difficile
senza offendere l'interlocutore e senza dichiararsi
sconfitta.

– Sarà come entrambi dite, del resto lo ammet-
to, in effetti il cervello di una donna fa difficoltà a
raggiungere simili vette... Stando ai fatti, poi quella
sera è accaduto quel che è accaduto.

Gualtiero rimase in silenzio, come fulminato.
Quando si riprese, sembrava avere difficoltà ad articolare le parole.

– Amica mia, devo confessare, per onestà, che mi
avete colpito. In un angolo della mia mente la convinzione era cosí profonda che forse... potrebbe darsi
che abbia perfino prevaricato sul ragionamento. Chi
può dirlo? Fatto è che sí, come avete appena detto,
poi davvero è accaduto quel che è accaduto, – esalò
Gualtiero, esausto. – Nel trambusto del momento,
Carlotta si è dileguata, e da allora non si trova piú.

– E voi credete...

– Io non credo, amica mia. Io *so*. So di essermi
sbagliato sul conto di Rosín e di Carlotta. So che Rosín rivelò a Carlotta l'identità dell'assassino. So che
lei me l'ha taciuta perché aveva in animo di spillargli
dei soldi. E so che fra breve, forse domani stesso, la
ritroveremo. Morta. Sventrata. Come Brunèl. Io non
so se quel pover'uomo sapesse chi è l'assassino, ma

questo all'assassino non importava. Gli è bastato il sospetto per agire. E cosí farà con Carlotta.

Emiliano e Naide lo fissarono, angosciati.

Anche se Jacques continuava senza sosta a rinforzare il fuoco, il gelo si era impadronito di tutti loro.

– E so anche chi è l'autore di quel foglietto, – concluse, e prima che gli altri potessero assorbire la sorpresa, proseguí: – È stato lui, il Diaul, o come accidenti vogliamo chiamarlo.

– Ma perché?

– Non ne ho idea. Per mera volontà di sfida, forse. Per intorbidare le acque. O, forse, perché uccidere le donne fa parte di un piú ampio progetto. Questo, amici miei, ancora non sono in grado di dirvelo.

XV.

Il corpo di Carlotta fu ritrovato all'alba, nel Valentino, a pochi passi da dove l'assassino aveva fatto scempio della Rosín. Un affranto Gualtiero constatò l'identità delle ferite e dell'arma. Le sue fosche previsioni si erano dimostrate, una volta di piú, esatte. Ma non se ne poteva certo trarre motivo di soddisfazione.

Seguirono giorni cupi. L'ombra del Diaul era calata su Torino, piú perniciosa e aggressiva di un inverno che si annunciava rigido e inclemente. Nelle bettole e ai crocicchi i popolani si guardavano l'un l'altro con sospetto, e benché le autorità mantenessero il loro incomprensibile silenzio, Emiliano sentiva i portici di via Po risuonare dello sbigottimento dei borghesi, e persino fra i tavolini del caffè *Fiorio* si cominciava a sussurrare. E quando il sussurro giunse alle orecchie di sua maestà, che amava farsi vedere al *Fiorio* come un qualunque cittadino benestante, Emiliano fu convocato a corte. Per un giovane tenente dei carabinieri, un privilegio inusitato, e Emiliano avrebbe desiderato, con tutto il cuore, che quell'incontro fosse avvenuto in ben altre circostanze. Tuttavia, Carlo Alberto fu, pur nell'abituale distacco, di un'estrema cortesia. Forse per merito del conte di Cavour che, presente al colloquio, non

si era lesinato nel presentare Emiliano nel migliore dei modi.

– Quindi voi credete, tenente, che questo… criminale che infesta la nostra città non appartenga al
partito dei democratici.

– Credo che sia un individuo malato, sire.

– D'altronde, – intervenne Cavour, – se doves-
si aspettarmi una botta, in questo momento, guar-
derei piuttosto al partito reazionario che non ai democratici.

– Voi dite, conte?

– Io dico, maestà.

Emiliano non riusciva a comprendere di che natura fosse il rapporto che univa il re e Cavour. Aveva
sentito dire che dapprima non vi era stata simpatia,
fra loro, ma che poi, col tempo, l'influenza che il conte esercitava sul giovane Vittorio Emanuele avesse
convinto il padre ad accoglierlo nella cerchia dei piú
intimi consiglieri. In ogni caso, Cavour sembrava
stare dalla parte di Emiliano. Tanto che, a un certo
punto, riprese la proposta di un comunicato ufficiale.

– Mi incaricherei io stesso di redigerlo, – si offrí
Cavour, – cosí da porre fine a queste disdicevoli dicerie.

– Vi faremo sapere le nostre decisioni, – fu il commento con il quale il sovrano pose fine all'incontro.

Cavour scortò il giovane tenente lungo la scalinata di Palazzo Carignano, che portava al vasto e
arioso cortile.

– Il re ha molti consiglieri, – spiegò, – e non
tutti lo consigliano per il verso giusto. Voi, però,
non siete per niente rassicurante circa la cattura
dell'assassino.

– Il dottor Lancefroid, che collabora con noi alle indagini, sostiene che per qualche tempo non ci saranno altri omicidi.

– E la ragione, se è lecito?

– L'assassino, secondo il dottor Lancefroid, avverte su di sé la pressione delle nostre ricerche e vuole lasciare che si calmino le acque. Ma lo stesso Lancefroid è anche convinto che accadrà qualcosa comunque.

– Potreste essere piú chiaro?

– Sostiene che i foglietti siano opera sua.

Erano giunti al termine della scalinata.

– Sapete? – s'illuminò Cavour, arrestandosi di botto accanto a una gigantesca fioriera. – Ero giunto alla medesima conclusione. E ciò mi fa avvertire un pericoloso puzzo di politica. Che cosa sapete di questo Lancefroid?

La domanda lo colse di sorpresa. Cavour non gli lasciò il tempo di rispondere.

– Conoscevo bene suo padre. Un aristocratico della provincia, originario di Chambéry, se non vado errato. Un vero idiota. Aveva destinato il figlio alla carriera militare, ma quello non voleva saperne. Il povero Gualtiero… si chiama cosí, vero?

– Sissignore.

– Be', lui era portato per la ricerca, la scienza, e, a quanto mi dite, ci sa fare. Per avere un po' d'agio ha dovuto attendere che il vecchio tirasse le cuoia. Statemi bene, tenente. Conto su di voi. Ah, un'ultima cosa… quella vostra amica, Naide, l'attrice…

– Ebbene?

– Siete sempre in confidenza, voi due?

Emiliano s'irrigidí. Qualcosa nella sua espressione convinse Cavour di aver fatto un passo falso. Allargando le braccia, il rubicondo conte esplose in una sonora risata.

– Ah, ah, *touchez-pas la femme d'autres*... Vi chiedo perdono, amico mio.

Quella sera stessa, ancora una volta, si avverò una delle profezie di Gualtiero.

> – È una morte innaturale quella data per amore.
> – Ah, perché vi mordete cosí il labbro?
> – Una collera sanguinaria vi scuote tutto; sono neri presagi. Eppure spero, spero che non siano per me.

Il pubblico che assiepava il *Teatro Regio* attendeva con il fiato sospeso che Otello, un omarino col volto segnato di nerofumo, guitto della peggior specie stando al giudizio di Naide, si avventasse sull'incolpevole Desdemona. Un drappello di carabinieri reali vigilava sulla rappresentazione: era pur accaduto che, al culmine di quella immortale scena di amore e morte, la passione sanguinaria del Moro di Venezia scatenasse le ire dei piú focosi, e in piú di un'occasione si era dovuti intervenire per strappare il malcapitato interprete dalle mani di una folla inferocita. Ma questo avveniva, perlopiú, nei teatri di provincia, dove recitavano povere compagnie raccoglitticce. Nessuno avrebbe osato turbare la sacralità di un momento cosí elevato al *Teatro Regio*, nel cuore di Torino, sotto gli occhi, invero alquanto assonnati, di Carlo Alberto e dell'erede al trono, che sembrava attratto, come un magnete, dal respiro dei seni di Naide/Desdemona.

E fu nel preciso istante in cui Otello afferrava il collo dell'asserita fedifraga che dall'ordine piú alto dei palchi presero a piovere i foglietti. Sulle prime, il brusio che accompagnò lo svolazzo fu attribuito a qualche isolato disturbatore. Otello ripeté, sdegnato, la battuta appena pronunciata, ma il rumore di fondo non accennò a placarsi. Poi la pioggia di carta aumentò d'intensità, il brusio si fece clamore e in breve nel teatro si scatenò la baraonda.

– Qui si parla del Diaul!

– Ma chi è?

– Chi ha osato…

– Lassú, un uomo!

– Guardate, quello col mantello azzurro!

– Leggete, leggete cosa dicono…

– Gli ebrei…

– Una cospirazione…

– Sono i mazziniani! Ci attaccano!

– Macché mazziniani, *sta' ciuto, galina*! Sono i forcaioli, non sai leggere?

Emiliano e Gualtiero, che dividevano un palco di prim'ordine sulla sinistra del proscenio, furono i piú lesti a reagire. Emiliano individuò l'alta figura che lanciava i foglietti e, seguito da Gualtiero, si fiondò nella sua direzione, urlando nel frattempo ai carabinieri presenti di arrestare l'uomo.

Ma la calca e il vociare erano di tale intensità che le sue parole si dispersero. I carabinieri avevano subito fatto scudo intorno al re, e ora scortavano l'intera famiglia reale verso l'uscita di sicurezza che si apriva dietro le quinte.

– Sbarrate le porte! – si sgolava Emiliano, cercando di farsi strada nella calca.

Nessuno gli dava retta. La pressione della folla in tumulto ruppe presto tutti gli argini. Emiliano e

Gualtiero, dopo aver rischiato mille volte di cadere e finire travolti dalla massa, si ritrovarono all'aperto. Grazie soprattutto a Jacques, che distribuendo gli opportuni argomenti aveva fatto un po' di spazio.

– L'hai visto, Jacques?

– Con questa confusione, Monsieur, era impossibile!

– Aveva il labbro leporino, – disse, cupo, Emiliano.

– Ci avrei giurato. Qualcuno ha modo di darmi uno di questi fogliacci?

Jacques si avviò verso un gruppetto di spettatori che uscivano di corsa dal teatro, ne afferrò uno per un braccio, lo scosse, gli strappò di mano il foglietto che quello agitava in aria, tornò da Gualtiero e glielo porse.

– Un po' ruvido, ma efficace, – ridacchiò il medico.

E scandí piano, mentre il suo volto passava dallo stupore a una collera gelida.

Sire! L'assassino di quelle povere donne si nasconde nel Ghetto. Egli è un ebreo. Egli pratica il sacrificio umano secondo le tradizioni della sua nefasta razza. Sire, liberate la città da questa genia malvagia!

XVI.

Come un beffardo controcoro, dalla folla, che finalmente aveva liberato il teatro, si levò un grido:
– Al Ghetto!
Emiliano, Gualtiero e Jacques si fissarono, attoniti.
– Non c'è un minuto da perdere! Jacques, prepara la carrozza, – ordinò il tenente.
Inquadrò il gruppetto dei facinorosi, si avvicinò a quello che sembrava il capo, un giovane bellimbusto con un vistoso cappello a cilindro, e lo affrontò, deciso.
– In nome dei carabinieri reali, dichiaro illegale questo assembramento. Scioglietevi, e tornate alle vostre case. Lo spettacolo è finito!
Quello lo fissò, interdetto, e scoppiò in una sonora risata.
– E chi lo dice?
– Sono il tenente…
Non gli fecero finire la frase. Alti cachinni si levarono dai fiancheggiatori dell'esagitato. Forse reso spavaldo dal soccorso dei suoi, il tizio si fece pericolosamente vicino a Emiliano, quasi a sfidarlo. Il tenente sostenne lo sguardo, poi colpí con un fulmineo diretto alla mascella, atterrandolo. In quattro o cinque fecero per avventarsi su di lui. Emiliano estrasse dal taschino la piccola pistola che gli aveva

donato Gualtiero, sfregò il luminello, puntò l'arma addosso al caduto, che cercava a fatica di rialzarsi.

– Volete proprio che scorra del sangue, dunque?

Interdetti, quelli si arrestarono. Due, piú coraggiosi, aiutarono il bellimbusto bofonchiante a rialzarsi. Arretrarono di qualche passo, e dopo un breve conciliabolo si allontanarono.

La situazione restava incandescente. L'assembramento si disperdeva, ma la gente si allontanava a gruppi compatti, e tutti sembravano aver chiara in mente la direzione da prendere.

Il Ghetto.

Emiliano afferrò un carabiniere in divisa, si qualificò, gli ordinò di correre al comando, radunare almeno venti uomini e precipitarsi al Ghetto.

– Lo assaliamo, signor tenente?

– Lo difendiamo, idiota!

– Ma tutti dicono che El Diaul sta là, l'assassino…

– Obbedisci, asino! – urlò Emiliano, levando la destra come per colpirlo.

Il carabiniere salutò e si avviò di corsa verso piazza Carlina.

Era arrivata intanto la carrozza, con Jacques e Gualtiero. Emiliano montò al volo, e a rotta di collo raggiunsero il Ghetto.

Già s'era radunata una piccola folla. Le torce bruciavano, i popolani agitavano mazze e bastoni, i borghesi armi da fuoco. Altri cittadini continuavano ad accorrere. Si attendeva solo un segnale. Il primo che avesse osato lanciarsi contro il pesante cancello che sbarrava l'accesso al Ghetto, sarebbe stato seguito dalla marea.

L'eccitazione spandeva intorno un odore acre.

Emiliano, Gualtiero e Jacques si fecero largo sino all'ingresso del quartiere degli ebrei. Potevano essere medici, banchieri, artigiani, insegnanti, ma alle nove di sera dovevano rientrare nel loro dominio. E dalle nove di sera nessuno poteva uscire o entrare dal Ghetto.

I tre combattenti si misero davanti al cancello. La folla tacque per un istante. Emiliano sollevò la pistola, e cosí fece Gualtiero. Jacques roteava un bastone.

– Tornate a casa! – intimò Emiliano. – Il Ghetto è sotto la tutela dei carabinieri reali. Un plotone è in arrivo. Se quando i miei uomini saranno qui non ve ne sarete andati, darò ordine di fare fuoco. Sono stato chiaro?

Piú che il discorso, che quelli delle ultime file certo non erano riusciti a sentire, fu la determinazione a impressionare la folla. E anche la massiccia e minacciosa figura del nero non fu estranea al ripensamento della gran parte dei bravi torinesi: borbottando, a capo chino, presero ad arretrare. Presto, ad agitare violenza, rimasero in pochi. Non piú di una trentina, ma quanto bastava per sopraffarli. C'era anche il bellimbusto dal cappello a cilindro, livido in faccia. Tuttavia, non si decidevano ad attaccare. Temevano, con ogni evidenza, il sopraggiungere dei rinforzi. Ma i minuti passavano, e i rinforzi tardavano. E altri scalmanati, provenienti dalle periferie, si andavano aggregando.

– Sentite un po', – disse infine qualcuno, – levatevi di mezzo e lasciateci fare giustizia!

– Sí, levatevi di mezzo. Noi non ce l'abbiamo coi carabinieri. Vogliamo l'ebreo!

– L'assassino!

– A morte!

– A morte!

Jacques si accostò a Emiliano e gli sussurrò all'orecchio.

– Quando vi attacca un branco di animali, dovete fermare il capo.

Emiliano annuí, armò la pistola, inquadrò con cura il cappello a cilindro in prima fila e con un colpo preciso lo fece saltar via dalla testa dello zerbinotto.

– La prossima palla è per voi.

L'uomo recuperò il cappello, constatò il buco, scosse la testa, poi rise.

– La vostra pistola può sparare un solo colpo alla volta. Noi siamo in tanti. Levatevi di mezzo, ascoltate il mio consiglio!

Jacques gli scoccò un'occhiata desolata. Forse ciò che funzionava ai Caraibi non andava bene nel regno di Sardegna.

E dunque, dovrò spingermi oltre, si disse Emiliano, nel ricaricare.

Prese di nuovo la mira.

In quel momento, preceduti da tre squilli di tromba, comparvero i carabinieri.

Tutti iniziarono a correre, in disordine.

Con un brivido, Emiliano abbassò la pistola.

Piú tardi, Gualtiero gli disse che lui e Jacques avevano fatto una scommessa. Secondo il medico, Emiliano non avrebbe avuto il coraggio di uccidere. Secondo l'haitiano, se non fossero intervenuti i commilitoni, quello era un uomo morto.

– Avete vinto tutti e due, – confessò Emiliano, – avevo mirato al ginocchio.

XVII.

Un pericoloso assassino si aggira per le strade della nostra città. Egli indossa un mantello di colore bleu e una maschera d'argento. È uso adescare prostitute e giovani donne e commettere contro di loro atti terribili. Si ha motivo di ritenere che lo stesso individuo utilizzi la maschera per celare il labbro leporino del quale è portatore, e che si identifichi con colui che ha esacerbato gli animi della popolazione distribuendo foglietti di propaganda. Il Comando dei Carabinieri Reali, per disposizione di SE il Maggior Conte Fabrizio Lazari, sta svolgendo accuratissime indagini, e non si dubita che in breve tempo il reo sarà assicurato alla Giustizia.

Nel frattempo, si raccomanda alla popolazione, e in ispecifico a tutti coloro che esercitano l'attività di meretricio, peraltro vietata dalla legge, la massima prudenza. Non accompagnatevi a sconosciuti, non frequentate in solitudine luoghi oscuri e non appartatevi con clienti della cui identità non vi sia certezza.

Poiché, infine, le indagini sin qui svolte hanno escluso qualunque coinvolgimento nella terribile vicenda di quanti professano il culto israelita, per volere di Sua Maestà Carlo Alberto, Re di Sardegna e di Piemonte, è severamente proibito dar corso a manifestazioni di ostilità nei confronti degli Ebrei presenti in Torino e in tutte le altre località del Regno, nonché di alimentare dicerie di qualunque genere circa la responsabilità degli Ebrei nei fatti di sangue sopra descritti. Sono vietate tutte le manifestazioni non autorizzate. Ogni assembramento non preventivamente comunicato al Comando dei Carabinieri Reali verrà immediatamente sciolto. In caso di resistenza, si farà ricorso ad ogni mezzo per vincerla. Si considera assembramento ogni raduno di persone in numero superiore a cinque.

Il maggiore Lazari squadernò a Emiliano l'edizione della «Gazzetta Piemontese» fresca di stampa. Lisciandosi i favoriti, lasciò affiorare sulle labbra sottili un sorrisetto furbo.

– Ho redatto personalmente l'avviso. Cavour ha convinto il re, e io credo che la decisione, alla fine, sia stata saggia. È giusto che il popolo sia informato.

Emiliano annuí, cercando di rimanere serio.

– Meritate un plauso per come vi siete condotto l'altra notte, al Ghetto, – riprese Lazari, – avete domato la folla, il che dimostra che non mi ero sbagliato quando vi ho affidato questo incarico. È un vero peccato che io non fossi presente. Avrei cacciato volentieri un paio di palle in corpo a quei facinorosi. Ma portatemi risultati, eh, e subito! Prendete l'uomo dal labbro leporino, ma soprattutto prendete quel disgraziato che si diverte a sventrare le donne. Il popolo non resterà quieto a lungo. È tutto.

Emiliano salutò militarmente e fece per girare sui tacchi. L'espressione un po' ironica e un po' soddisfatta che gli era sfuggita non passò però inosservata.

– Tenente! – lo richiamò Lazari.

– Dite, signor conte.

– Soltanto gli stolti non mutano mai di pensiero. E io non sono uno stolto. Ma tenete bene a mente: ogni cosa ha il suo tempo. Cavour è, in questo momento, caro quant'altri mai al cuore del sovrano. E una sua parola può molto. Portate i miei saluti al conte.

Politica, pensò Emiliano, montando sulla carrozza che proprio Cavour gli aveva messo a disposizione sin da quando, all'alba, gli aveva fatto recapitare la copia della «Gazzetta» che di lí a poco sarebbe stata distribuita in tutta la città. Un messaggio esplicito: voleva dire «siamo dalla stessa parte». Con la sua abituale arguzia, peraltro, Cavour aveva fatto sapere a Lazari che, ultimato il colloquio con lui, avrebbe ricevuto Emiliano. Politica. Esercizio sublime del potere. Una giungla nella quale il giovane tenente trovava un'enorme difficoltà a districarsi.

Si era già disposto alla lunga traversata sino al piccolo comune di Grinzane, nel cuneese. Cavour ne era il sindaco da quasi quindici anni, e fosse dipeso dai suoi concittadini, lo sarebbe rimasto a vita. Ma la carrozza, con sua grande sorpresa, si arrestò presto davanti a un cupo fabbricato nella Contrada degli Angeli, a breve distanza dal Palazzo Birago di Borgaro, testimonianza del genio architettonico di Filippo Juvarra. Emiliano chiese lumi al cocchiere, ma quello fece spallucce: il conte aveva ordinato di condurre là il signor tenente, e lui là l'aveva condotto. Altro, non era in grado di dire. Emiliano si accese un sigaro, scese dalla vettura e si avviò verso l'austero portone. Al custode in livrea che lo scrutava con aria severa chiese, con gentilezza, a chi appartenesse quel tetro stabile.

– Al duca di Pasquier, – rispose l'uomo, altezzoso.

Emiliano si soffermò a osservarne l'uniforme. Un'accozzaglia di panni pretenziosi, del tutto fuori moda. Anche il codino bianco sembrava uscito da una stampa settecentesca. D'altronde, il duca di Pasquier era fra i piú noti capi del partito reazionario: Cavour stesso gli aveva detto che, per quelli come Pasquier, Napoleone costituiva lo spartiacque fra il Bene e il Male. Tutto ciò che era avvenuto prima del còrso era opera di Dio, tutto il resto apparteneva al demonio.

Ringraziò con un certo sarcasmo il lacchè e tornò alla carrozza, rassegnato all'attesa. Il quartiere era in pratica deserto. In quasi un'ora di fumo e pensieri vagabondi, ebbe modo di osservare un gentiluomo dall'aria inutilmente indaffarata e due garzoni. Per il resto, l'immobilità piú assoluta. Poi il custode scattò su un «attenti» militaresco, e dal palazzo sortirono due uomini. Uno era Cavour, l'altro un vecchio barbogio che agitava un bastone dal pomello d'argento. Emiliano non poteva credere ai suoi occhi: Pasquier, perché non poteva esserci dubbio che si trattasse proprio di lui, indossava una parrucca incipriata! I due discutevano animatamente. Fermo accanto alla carrozza, a forse dieci metri, Emiliano non riusciva ad afferrare le parole: ma la corrente di autentico odio che sprigionava dai due uomini si poteva quasi toccare con mano. A un certo punto, Cavour afferrò il cilindro con il quale giocherellava nervoso e lo scagliò ai piedi di Pasquier, in un gesto che sembrava esprimere, a un tempo, sfida e rabbiosa impotenza. Il duca sollevò il bastone. La sua aria era cosí minacciosa che pareva volesse schiantarlo sulla testa di Cavour. Emiliano non si trattenne.

– Conte! – esclamò, avviandosi a grandi passi verso i due.

Pasquier squadrò con aria sorpresa il nuovo giunto. Il suo bastone rimase sospeso a mezz'aria. Emiliano raccolse il cilindro e lo porse a Cavour. Con le guance imporporate e gli occhi quasi fuori dalle orbite, il conte era irriconoscibile: una polveriera pronta a esplodere.

Pasquier abbassò il bastone.

– Non so chi siate, signore, ma abbiate la cortesia di portar via da qui questo... individuo, – ordinò, rivolto a Emiliano, – prima che lo faccia castigare dai miei servi.

Con gesto regale, si voltò e fece rientro, zoppicando vistosamente, al palazzo. Il lacchè si affrettò a serrare il portone.

Cavour fissò Emiliano, poi gli disse qualcosa che il tenente non comprese. Perché le sue non erano parole fornite di senso compiuto, ma suoni strozzati e inarticolati che sembravano incapaci di valicare la muraglia dell'epiglottide.

– Vi sentite bene, conte? Venite, c'è qui la vostra carrozza.

– Chi diavolo vi ha dato il permesso di intromettervi? – sbottò Cavour.

– Siete stato voi a convocarmi, – sussurrò il giovane carabiniere.

Un lampo attraversò gli occhi di Cavour. Il rossore scomparve. Le membra si distesero. In un baleno il conte recuperò l'abituale compostezza.

– Questa storia degli ebrei è un maledetto intoppo. Il comunicato che sono riuscito a far stampare è acqua fresca, rispetto a quello che sta succedendo. Carlo Alberto aveva già deciso di concedere ai cittadini di fede israelita i pieni diritti civili e di abolire l'infamia del Ghetto... Spero che voi consideriate il Ghetto un'infamia, al pari di me.

– Mio padre ha servito sotto Napoleone, conte. Fu lui il primo a bandire ogni discriminazione contro gli ebrei. Io la penso come lui. E come voi.

– Be', – sorrise Cavour, piú rilassato, – ma voi sapete com'è fatto il nostro sovrano. Ieri ha ricevuto quella testa di legno con la quale avete appena avuto il piacere di fare conoscenza e ha *congelato* il progetto. Ma se il Piemonte vuole davvero diventare grande, queste ridicole restrizioni del passato devono essere cancellate. Occorre un colpo di spugna radicale, decisivo. E invece... Maledizione, maledizione! Sento puzza di congiura! Io credo che anche questo Diaul sia una questione politica. Statemi bene, i miei doveri di sindaco mi reclamano.

E, calzando quietamente il cilindro, il conte si avviò alla sua carrozza.

Emiliano ebbe modo di riflettere sulle parole di Cavour mentre una carrozza a nolo lo portava al *Regio*. Ammesso che il Diaul facesse parte di una congiura contro gli ebrei, come spiegare il ruolo dell'uomo dal labbro leporino? Poteva esistere qualcuno cosí cinico da progettare ed eseguire massacri di donne per poi scaricarne la colpa su una comunità innocente? E per cosa poi, per la politica? Doveva parlarne con Gualtiero, alla prima occasione. Intanto, era giunto alla meta. Trovò sul posto Brusego e Faliero. I due subalterni lo condussero nel locale caldaie, nei sotterranei del teatro, e gli mostrarono un rozzo giaciglio contornato dai resti di due candele e da una mezza bottiglia di vino sfuso.

– L'uomo dal labbro leporino ha dormito qui, – spiegò Brusego.

– Si è chiuso nel teatro la sera prima della rappresentazione. Doveva avere già con sé i foglietti. Poi ha aspettato il momento opportuno e ha agito.

Almeno, questo primo mistero era stato risolto. Ma era una consolazione di poco conto. Sapere come aveva potuto agire non li aiutava a svelarne l'identità.

Perché, per il resto, nessuna nuova.

Nel foyer del *Regio*, Emiliano fu affrontato dall'impresario Guidotti.

L'uomo aveva le lacrime agli occhi per la disperazione. Da due giorni il teatro era chiuso. Erano stati costretti a rimborsare i biglietti e, nel frattempo, avevano anche dovuto pagare la compagnia, perché i contratti vanno onorati, e lui era una persona perbene, non come certi mestatori che si autodefiniscono impresari e non sono che improvvisatori, mestieranti, se non grassatori della peggior specie. Ma se il sequestro del teatro fosse durato anche un solo giorno di piú, lui, Guidotti, sarebbe finito sul lastrico, e avrebbe dovuto licenziare gli attori.

– E le attrici, – sottolineò, guardando fisso negli occhi Emiliano.

Emiliano, che si era occupato della cosa ed era pronto a concedere all'istante il permesso per la riapertura del teatro, non foss'altro per togliersi di torno quell'importuno, s'irrigidí. L'allusione, trasparente, alla sua Naide, lo indispettí. Decise che lo avrebbe tenuto sulle spine.

– Ne parlerò con i miei superiori, – replicò, asciutto, e si avviò a grandi passi, incurante delle proteste dell'uomo.

Fuori, ad attenderlo, c'erano Gualtiero e Jacques. Prima di seguirli, chiamò da parte Brusego e gli ordinò di comunicare a Guidotti che il sequestro del teatro era annullato.

– Ma, diciamo, non prima di un paio d'ore, intesi?

– Intesi, signor tenente.

E montò sull'ennesima carrozza, colpevolmente lieto della sua meschina vendetta.

L'antico ghetto di Torino, istituito nel 1679 da
Maria Giovanna di Nemours, occupava un vasto spazio detto del Beato Amedeo, in Contrada San Filippo. Era strutturato in cinque cortili: Cortile Grande,
dei Preti, della Vite, della Taverna e della Terrazza,
tutti collegati da corridoi coperti detti Portici Oscuri. Qualche anno dopo la sua creazione, nel 1724, in
seguito all'aumento delle anime, si era aggiunto alla
pianta originaria un altrettanto vasto appezzamento
a cui si accedeva dalla vicina via del Moro. Lo chia-
mavano «ghetto nuovo», ma era nel cuore del piú
vetusto insediamento, nel Cortile della Vite, laddo-
ve sorgeva la prima sinagoga, che Gualtiero e i suoi
amici erano diretti.

– Stamattina il rabbino Elias Rebaudengo mi
ha fatto pervenire un messaggio. Sentiamo che cosa ha da dirci.

– È un uomo di scienza, come te? – chiese Emiliano.

– Nient'affatto, ma produce il miglior Dolcetto
della zona. In ogni caso, è persona piacevole, e la
cultura non gli fa difetto

Il Ghetto era un luogo vivissimo, pulsante di umanità e commerci. Vi prosperavano botteghe di arti-

giani, uffici commerciali, taverne e panetterie: ne
proveniva un profumo davvero delizioso.

Nemmeno durante il breve periodo napoleonico,
quando erano stati dichiarati uomini e donne liberi a
tutti gli effetti, gli ebrei di Torino si erano allontana-
ti dal Ghetto. Forse, pensò Emiliano, sapevano che
Napoleone sarebbe stata una meteora, e che l'antico
ordine avrebbe rivendicato i propri gretti privilegi.
Anche ora che, grazie alle regie patenti di Vittorio
Emanuele I, erano esentati dall'obbligo di esibire il
contrassegno e potevano liberamente esercitare le ar-
ti e il commercio in tutto il regno, erano pur sempre
costretti a rinchiudersi lí, allo scadere della nona ora.

– Fanno bene a non fidarsi, – concluse Emiliano,
– al loro posto non mi comporterei diversamente: il
ricordo delle persecuzioni è troppo bruciante.

– Ma se Carlo Alberto li avesse realmente, e defi-
nitivamente, liberati? Avrebbero continuato a restarsene nel Ghetto? Avrebbero diffidato anche di lui?

– Cavour mi ha parlato di una sua teoria, – disse
Emiliano, e la espose.

Gualtiero si concesse una pausa di riflessione. Stava per dire la sua, quando Jacques, che era a cassetta,
fermò di colpo la carrozza.

Emiliano e Gualtiero si sporsero dai finestrini.

Una folla di dieci o dodici persone, tutti giovani e
armati di randelli e bastoni, aveva circondato la vettura. Le loro ghirbe non promettevano niente di buono.

– Siamo attesi da rabbi Rebaudengo, – cercò di
spiegare Gualtiero.

– Smontate!

A pronunciare quell'ordine perentorio era stato
colui che sembrava il capo della combriccola: un qua-

rantenne massiccio e calvo, che esibiva un ciondolo con il simbolo della Stella di David e agitava in modo inquietante un nodoso bastone.

– Ci state solo facendo perdere del tempo prezioso, – protestò Gualtiero.

– Vi ho detto di scendere.

Emiliano smontò agilmente.

Un brusio percorse la folla.

– È l'ufficiale che ha difeso il Ghetto! – disse una voce.

– È lui, sicuro!

– E c'era anche il negro! *Boja fauss*, lo riconosco! Era pronto a menare...

Il pelato abbassò il randello.

– Vi chiedo scusa, signori. E vi ringrazio per ciò che avete fatto per la nostra gente –. Poi, con un ampio gesto, indicò il drappello dei suoi armati. – E comunque d'ora in poi ci difenderemo da soli, – concluse, porgendo la mano a Emiliano.

– Comprendo le vostre ragioni, – disse il tenente, deciso, – ma vi ricordo che, in questa città e in questo regno, la tutela dell'ordine pubblico è compito dei carabinieri reali, ai quali appartengo.

Risatine sarcastiche sottolinearono la sua dichiarazione. Alquanto pomposa, dovette ammettere fra sé lo stesso Emiliano.

Invece di lanciarsi in un'appassionata perorazione, come sarebbe stato lecito attendersi, il capomanipolo si limitò a stringersi nelle spalle.

– Avete detto la vostra, ora proseguite in pace.

E a un suo cenno, l'agguerrita armata si dileguò, disperdendosi nei rivoli del Ghetto.

Rabbi Elias suonò un campanello, e da una porticina si materializzò una donnina minuta. Reggeva un vassoio colmo di dolci di ogni forma e colore.

– Servitevi pure, amici, – esortò il rabbino, – so che per voi non fa differenza, ma questi sono prodotti *kosher*, ossia realizzati secondo la tradizione e nel rispetto delle prescrizioni religiose. Il che vuol dire che il sapore non ne risente, anzi, e la digestione ne trae beneficio.

Rabbi Elias Rebaudengo era un uomo rubicondo e gioviale. Li ricevette nella grande biblioteca della sinagoga vecchia, e per tutta la durata del colloquio non cessò di tormentarsi la fluente barba bianca che gli ornava il mento. Mentre i dolci passavano di mano in mano, accompagnati da un gradevole vino liquoroso, Emiliano si perse nella contemplazione dei grossi volumi che occupavano ogni spazio dell'ampio locale, affascinato da quelle lettere indecifrabili che sembravano custodire, come un geloso patrimonio, una sapienza vecchia di millenni. Non veniamo tutti da qui, in fondo? Gesú Cristo non era forse nato ebreo? Impossibile sottrarsi alla sensazione che nel Ghetto si respirasse una forza quasi mistica. La forza della comunità. Dopo avergli raccontato di Napoleone e della sua avversione per le superstizioni, d'altronde, suo padre aveva aggiunto, con un sorrisetto furbo: «E poi, avere dalla tua parte una comunità non guasta, figlio».

Perciò, non era escluso che, dietro i disegni di Cavour, ci fosse una buona dose di pragmatismo.

Politica. Ma politica a fin di bene. E dunque, buona politica.

– Ed eccoci qui, ancora una volta, a fronteggiare l'accusa del *crimen sanguinis*, – esordí rabbi Elias, allargando le braccia.

– Sai bene che non ho mai creduto a queste frottole, – insorse Gualtiero, – e posso garantire per i miei amici.

– Non saremmo qui a discuterne, altrimenti. Tuttavia, sin dai tempi di Carlo Magno siamo perseguitati da questa accusa. Ti ricordo che il vescovo Agobardo, nell'840 dopo Cristo, sostenne che era tipico degli ebrei rapire bambini cristiani per adoperarne il sangue a scopo religioso.

– E tuttavia, – gli fece il verso, amabilmente, Gualtiero, – visto che sulle premesse siamo d'accordo, forse sarebbe il caso...

– E non devo certo ricordarti, – proseguí imperterrito Elias, – quanto accadde a Fulda, in Germania, nel 1235, quando una famiglia di cristiani perí nell'incendio casuale della sua casa, e i crociati arrestarono in massa i miei confratelli, e grazie alla tortura ottennero confessioni che...

– Che lo stesso imperatore Federico II giudicò fasulle, estorte con la violenza, tanto da proibire, con la Bolla Aurea dell'anno seguente, ogni forma di persecuzione...

Era evidente che, prima di decidersi a venire al punto, rabbi Elias non voleva privarsi dell'occasione di impartire una salutare lezione ai suoi interlocutori. Ed era altrettanto evidente che Gualtiero, il quale non amava per niente essere contraddetto, non era disposto a dargliela vinta tanto facilmente.

– Sotto Alfonso di Castiglia, nel 1270 circa, a Orsona, tre assassini scaraventarono nel giardino di un ebreo il cadavere di un bambino e lo accusarono dell'omicidio. Il popolo massacrò tutti gli ebrei che gli capitarono a tiro.

– Ma il re salvò i superstiti!

– Tomaso Cantipratano racconta che nel Baden, nel 1260, una donna scellerata vendette agli ebrei un'orfanella di sette anni. I giudei, dice questo eminente scrittore, la avvolsero piú volte in una tela, la ferirono in tutte le articolazioni e le spillarono il sangue, raccogliendolo nella tela. Quando il cadavere fu casualmente ritrovato, qualche giorno dopo, e venne portato al cospetto del margravio, esso, il cadavere dico, si rizzò, protese le braccia verso il magistrato come per invocare giustizia, poi ricadde. Vennero introdotti gli ebrei. Il cadavere cominciò a gettare sangue. Allora il margravio fa uscire gli ebrei, e le ferite cessano di sanguinare. Vengono riportati dentro gli ebrei: la morticina arrossisce e solleva nuovamente le braccia. Segue ovvio massacro. Oh, e poi, Weißenburg, Northampton, Magonza, Monaco, Oberwald, Praga...

– Mi sembrano tutte storie di paesi lontani, – s'intromise, timidamente, Emiliano.

– Savoia! – tuonò il rabbino. – Terra piemontese! 1329. Da Genf, da Rumilly, da Annecy scompaiono fanciulli cristiani. Viene incolpato un cristiano, tale Jaquet di Aiguebelle...

– Ma stiamo parlando di cinque secoli fa! – protestò Emiliano, senza troppa convinzione.

– Eh, troppo facile! Costui confessa e aggiunge che, per tramite dell'ebreo Acelino da Tresselve, i bambini erano stati venduti ad altri ebrei. Acelino viene torturato, e confessa a sua volta di aver venduto cinque fanciulli ai correligionari Joceto e Aquineto, i quali avevano ucciso i ragazzi, e fatto un unguento, e preparato un *aharece*, un pasticcio rituale, con la loro testa e i loro visceri. Impressionante, vero? E l'avevano fatto per nutrirne la comunità, poiché mangiando quel cibo vi sarebbe stata la salvezza. Ora, io vi sfido, e sfido i dotti di tutte le religioni, a trovare un solo, misero appiglio nelle sacre scritture. Eppure, quei miei fratelli confessarono, sotto tortura e...

– E il giudice li prosciolse, – sbottò Gualtiero, irritato, – e il conte Edoardo confermò la sentenza, e stabilí che l'accusa era falsa, mossa da uomini avidi che volevano depredare gli ebrei accusati. Vogliamo parlare di Solimano il Magnifico, sultano dei turchi? Correva il 1530 quando Solimano, stufo delle ricorrenti accuse infondate contro gli ebrei, ordinò che tutti coloro che muovevano queste accuse portassero le prove al Divano, cioè a lui in persona. Il sultano fece un discorso molto chiaro: liberi di accusare gli ebrei, ma portatemi le prove. Se non mi vanno bene, la condanna ve la beccate voi. Stiamo parlando di un paletto che entra nel fegato. Una morte orribile. I suoi successori non toccarono la legge. Risultato: da tre secoli nessuno si azzarda piú ad accusare un ebreo. Piantiamola qui, va bene, Elias?

– Certo, i sovrani illuminati non sono mai mancati, questo devo concedertelo, Gualtiero, ma il popolo... il popolo non è mai stato contaminato dal buon senso. Ecco la vera tragedia! Da un momento all'altro l'odio può tornare a esplodere. Ed è per questo che vi ho chiamati...

Elias Rebaudengo raggiunse a passi lenti un antico canterano istoriato, armeggiò con le ante, si chinò. Ne riemerse reggendo un ritratto incorniciato. Tornò al tavolo da lavoro e vi depose il ritratto.

– Ditemi, – sussurrò, – è questo l'uomo che cercate?

Emiliano e Gualtiero contemplarono, con un misto di stupore e di eccitazione, il ghigno dell'uomo dal labbro leporino. Il pittore aveva fissato sulla tela, con poche pennellate, l'essenza di quel volto deforme. Ma, nell'interpretazione dell'artista, lo sguardo non aveva niente di demoniaco. Piuttosto, una tristezza infinita, spenta: la tristezza di chi ha sperimentato tutto il male del mondo e non s'aspetta piú nulla dai propri simili.

– È lui? – tornò a chiedere il rabbino.

– È presto per dirlo, – osservò Gualtiero.

– Ma la somiglianza è sorprendente, – completò Emiliano.

– Non so come si chiami, non lo sa nessuno. Per noi è Giacomo. Si direbbe che venga da un altro paese, ma neanche questo è certo. Quando ho letto la «Gazzetta», questa mattina, ho pensato subito a lui... povero Giacomo! Io credo che sia incapace di fare del male a una mosca, ma è strano, è... non so definirlo. A volte si assenta, altre volte è nervoso, inquieto, ma non l'ho mai visto aggredire qualcuno o usare violenza, per esempio, contro una donna.

– Non ha importanza! – tagliò corto, impaziente, Gualtiero, – dimmi se ha qualche abilità particolare. Per esempio, sa maneggiare il coltello?

– Purtroppo sí. È un bravo macellaio, il migliore che abbia mai visto.

Il medico e il tenente si fissarono. Lo stesso pensiero attraversò la loro mente. Poi entrambi, costernati, si rivolsero al rabbino.

– Se fosse lui... *se*... – sottolineò Gualtiero, – ti rendi conto di cosa potrebbe significare questo per la comunità?

– Me ne rendo benissimo conto, e per questo vi ho chiamati. Perché se l'assassino delle donne è Giacomo, voi dovrete dire a tutti che qui dentro gli assassini non trovano nessuna protezione, e che noi siamo i primi a collaborare con la giustizia.

Gualtiero non rispose. Aveva inalberato l'espressione vagamente ebete che usava assumere quand'era immerso in qualche riflessione. Emiliano continuava a tempestare di domande il rabbino.

– Quand'è arrivato?

– Un paio d'anni fa.

– Lo avete accolto subito?

– Accogliamo tutti i fratelli.

– Si è fatto degli amici, nella comunità?

– È un tipo solitario.

– L'uomo dal labbro leporino odia gli ebrei. Perché... Giacomo... dovrebbe provare un sentimento simile? Si ritiene vittima di qualche torto?

– Non so che dirvi. Finché è stato in mezzo a noi nessuno gli ha mai torto un capello, anzi, si può dire che l'avessimo... adottato. Come si fa con un fratello sfortunato.

– Perché avete detto «finché è stato in mezzo a noi»?

– Perché un paio di settimane fa è scomparso.

Anche questo, considerò Emiliano, pervaso da un senso crescente di smarrimento, anche questo corrispondeva. Un paio di settimane.

– Legge? – chiese ansioso Gualtiero, risvegliandosi dalla trance.

– Che cosa? No, non l'ho mai visto con un libro in mano, – rispose Elias, dopo una breve esitazione.

– Non è lui, – disse deciso il medico. – D'altronde l'assassino e l'uomo col labbro leporino non possono essere la stessa persona. Il primo è un uomo colto, questo poveraccio è un semidemente, un primitivo.

– C'è un modo per accertarlo, – s'inserí, energico, Emiliano. E, rivolto al rabbino, chiese: – La sua voce. Com'è la sua voce?

– La sua voce? – ripeté il rabbino, sorpreso dalla domanda.

– Sí, la sua voce. Provate a descrivermela. Io l'ho sentita. Posso riconoscerla.

Elias Rebaudengo si abbandonò a una smorfia triste.

– Nessuno può descrivere quella voce, per la semplice ragione che Giacomo è muto. Qualcuno, chissà dove e chissà perché, gli ha tagliato la lingua.

XX.

Le fiamme crepitavano alte nel camino. Sprofondato in poltrona, avvoltolato in una lugubre vestaglia nera, Gualtiero pizzicava, con ossessiva concentrazione, le corde dello Stradivari. Jacques aveva servito *vitel tonné* tiepido che raffreddava, intonso, nei piatti. Emiliano aveva appena assaggiato l'eccellente Barolo. Di tanto in tanto il dottore rendeva partecipe il tenente dei suoi pensieri.

Cavour non ha torto.

Doppia catena causale.

Congiura?

Due malati, uno colto, l'altro primitivo.

Cavour non ha torto.

Uno manovra l'altro.

Prima si cita il Diaul, poi gli ebrei.

Giacomo, trovare Giacomo. È la chiave di tutto.

No, il mantello. Il mantello blu è la chiave di tutto.

La stamperia. Chi stampa i foglietti? Possibile che abbia accesso... non posso pensarci... e se pure fosse?

Due. Uno agisce, l'altro è succubo.

Ma erano esplosioni rapsodiche: solo calandosi nella mente di Gualtiero e seguendo il procedere della sua logica, molto piú confuso di quanto il medico indagatore avrebbe voluto, si sarebbe potuto trarne un senso. Emiliano aveva cercato invano di inserir-

si nel flusso. Ogni volta che apriva bocca, Gualtiero
tornava a dedicarsi al suo maledetto violino.

Il tenente compulsò l'orologio da panciotto. Mez-
zanotte. Sentiva la mancanza di Naide. Ma lei era
ospite d'onore a un ballo al quale sarebbe stato scon-
veniente sottrarsi. Sperava che, piú tardi, li raggiungesse. Aveva bisogno di lei, e non solo perché ne era
innamorato. Erano la sua lucidità, il suo intuito a
mancargli. L'ammirazione, non priva di contrasti,
per il suo cervello era cresciuta al punto da eguaglia-
re il desiderio del corpo.

Bussarono alla porta. Era Mayé. Emiliano lo aveva incaricato di raccogliere quante piú informazioni possibile dalla gente del Ghetto, ammonendo, al
contempo, di vigilare perché la notizia non trapelas-
se al di fuori del cancello. Il rabbino Rebaudengo,
dal suo canto, s'era impegnato a mettere per iscrit-
to una breve memoria della vita di Giacomo nei due
anni trascorsi in comunità, che ora Mayé consegnava
a Gualtiero. Il medico accantonò lo scritto con un
gesto estenuato e tornò a occuparsi dello Stradivari,
per interrompersi solo quando il carabiniere, sempre
rigido sull'attenti, accennò alla relazione di cui era
stato incaricato. Mayé se la cavò in poche battute:
tutti conoscevano Giacomo, e nessuno poteva dire
davvero di conoscerlo. In una parola, niente di fatto.

Fu solo all'arrivo di Naide – si erano fatte le due
passate – che Gualtiero sembrò rianimarsi. Come vide comparire la bella attrice, esausta ma con gli occhi brillanti di avida curiosità, il medico accantonò
il violino, buttò giú d'un fiato due bicchieri di Barolo, divorò la propria porzione di *vitel tonné* e infine
richiamò l'attenzione degli altri. Emiliano e Naide,

che stavano discutendo degli ultimi eventi, tacquero. Gualtiero prese a passeggiare nervosamente per la stanza.

– La mia idea: doppia catena causale. Abbiamo un maniaco omicida, chiamiamolo A, che uccide donne per suo diletto e testimoni per preservare l'impunità. In un momento della sua vita, non chiedetemi né come né quando, costui entra in contatto con un altro maniaco, chiamiamolo B, o Giacomo, se preferite. Questo secondo maniaco è inoffensivo. Un povero essere privo di volontà, provato dai patimenti subiti. Da quanto mi ha detto il rabbino, e da quanto emerge dal ritratto che abbiamo visto al Ghetto, mi sono fatto l'idea che sia un profugo di una qualche terra orientale, polacco lo si direbbe, o lituano.

Gualtiero si prese una pausa. Ciò che si attendeva era la domanda di rito: ma come sei riuscito in una cosí brillante deduzione? Sia Emiliano che Naide ormai conoscevano a memoria il copione. Si scambiarono un'occhiata complice e restarono in silenzio. Gualtiero, piccato, riprese.

– Intendo dire: la complessione fisica, le movenze... ricordate che abbiamo avuto modo di notare tutto questo a teatro. E i tratti del volto, ripresi dall'artista... insomma, è un uomo dell'Est, un ebreo ashkenazita piombato un bel giorno in un ghetto sefardita, cioè di ebrei mediterranei, i nostri per intenderci. Dunque, quest'uomo ha la lingua tagliata. Ciò significa che qualcuno gli ha usato violenza. In Polonia e in Lituania, e nella stessa Russia Bianca, come certo sapete, sono frequenti i *pogrom*, i massacri organizzati in danno degli ebrei: il nostro ragazzo dal labbro leporino ne è stato sicuramente vittima.

Da quel momento ha perso l'uso della parola e e le sevizie a cui ha assistito gli hanno ottenebrato il cervello. Ma ora, cosa accade se due maniaci, uno determinato, colto, padrone di sé, e l'altro, un povero mentecatto, si incontrano?

– Accade che il forte diventa il padrone del debole, e il debole il succubo del forte, – osservò Naide, la fronte aggrottata.

– Giusto. In altri termini, A governa a suo piacimento B, cioè Giacomo. Il che non significa necessariamente che lo faccia complice dei propri delitti, ma ci dice con certezza assoluta che A scrive i foglietti e B, cioè Giacomo, è incaricato di distribuirli. E sin qui, è tutto chiaro. Ma immaginiamo che A, l'assassino, a sua volta si sia imbattuto, non chiedetemi come, dove e quando, in un terzo uomo. Chiamiamolo... – Gualtiero fissò Naide e s'illuminò. – L'Impresario. Ecco, l'Impresario, colui che organizza la recita. Dovete pensare a un individuo tutt'altro che affetto da manie del genere di quelle che pervadono l'assassino e il suo succubo. Dovete pensare a un uomo freddo e cinico. Costui, l'Impresario, capisce che A, il quale si trascina appresso Giacomo, potrà essergli utile per... per una sua idea, ecco, questa sí, fissa, quindi, sotto questo profilo, si potrebbe osservare che anche lui è un maniaco, ma di tipo diverso. Pertanto...

Gualtiero sembrava aver perso il filo del discorso. Non era la prima volta che gli capitava, si sorprese a chiosare Emiliano. Naide, premurosa, gli offrí dell'altro vino. Gualtiero tracannò, sbuffò, allargò le braccia.

– Doppia catena causale! Ingranaggi che si intrecciano in un perverso gioco di corrispondenze!

Insomma, amici miei, ciò che cerco di dirvi è che A uccide per piacere, Giacomo lo segue perché è succubo, ma l'Impresario... l'Impresario li manovra entrambi. Egli ha scoperto la mania di A e la controlla, servendosene per i suoi scopi.

– Ma quali scopi, scusa? – spiò Emiliano.

– Politica! – trionfò Gualtiero. – Seminare il panico nel popolo, scaricare la colpa sugli ebrei. Tutto questo fa parte di un disegno. Un disegno chiaramente reazionario. Il nostro Impresario vuole che le cose non cambino, sogna che il mondo si fermi una volta per tutte, e per ottenere il suo scopo non esita a servirsi di un assassino. Vi pare convincente? Naturalmente, sapere non equivale a fare. Dobbiamo ancora trovare Giacomo, e tramite lui A, infine identificare l'Impresario. Siamo ancora ben lontani dal compimento dell'opera.

– Se fosse cosí, – disse piano il tenente, dopo una pausa di riflessione, – sarebbe mostruoso.

– Monastier era un assassino ed era un uomo influente, – lasciò cadere Jacques, che sino a quel momento aveva taciuto.

– D'altronde, perché politica e crimine non dovrebbero procedere di pari passo? Non sarebbe una novità, se guardiamo all'insegnamento degli antichi, – riprese Gualtiero, infervorato. – Al riguardo, mi sovviene il celeberrimo dialogo fra gli Ateniesi e i Melii, nel quale Tucidide...

Naide lo bloccò con un gesto deciso.

– Avete detto che siamo ben lontani dal compimento dell'opera. Bene. Avete detto che il primo anello da trovare è Giacomo.

– Giusto, – concordò Gualtiero.

– E i tuoi uomini, – disse lei, rivolta a Emiliano,
– non hanno cavato un ragno dal buco.

– Anche questo è giusto, Naide.

– Avete detto che esiste un ritratto di quell'infelice. Ora io vi chiedo: qualcuno di voi brillanti cer-
velli ha pensato a interrogare il pittore?

Gualtiero inalberò un sorrisetto di superiorità.

– Avremmo dovuto, dite? E per quale motivo?

– Se questo Giacomo è, come dite voi, un selva-
tico, l'idea di farsi ritrarre lo avrà terrorizzato. Eppure, ha acconsentito. Vuol dire che si fidava del
pittore. Dunque, chi meglio di lui potrà parlarvene?

Mentre Emiliano si picchiava con la mano sulla
fronte, Gualtiero, in preda a una viva eccitazione,
si avventò sullo scrittoio.

– Ma per la miseria! A quanto pare siamo sempre
un passo indietro a questa donna… La memoria del
rabbino, dove diavolo si è cacciata? Ah, eccola…
Dunque, Giacomo, ritratto, pittore… ecco, è qui, è
qui… il pittore è un ebreo. Tobias Zevi di Samuele…

– Credo che mi ritirerò, – esalò Naide, levandosi
di scatto, – sono terribilmente stanca. Tenetemi ag-
giornata, vi prego.

I due amici, troppo concentrati sulla nuova pista
che Naide aveva suggerito, non fecero caso all'improvviso pallore che si era dipinto sul bel volto dell'attrice.

XXI

All'alba, Emiliano e Gualtiero si presentarono ai cancelli del Ghetto e tirarono giú dal letto Tobias Zevi di Samuele. Era un giovane bellissimo, alto e ben proporzionato, con lunghi capelli ricci e neri e occhi di un azzurro brillante.

– Giacomo, certo, l'ho dipinto io quel ritratto, se ieri il vostro uomo me l'avesse chiesto non avrei avuto difficoltà ad ammetterlo. E non è l'unico, sapete? Ne ho altri tre o quattro. Giacomo ne andava molto fiero!

– Vorreste mostrarceli?

– Sono nell'atelier. Lasciate che mi renda presentabile e vi ci accompagnarò io stesso.

Mentre, nella carrozza condotta da Jacques, fendevano la città al risveglio, diretti a corso Moncalieri, il lungo stradone stretto da un lato dal Valentino, dall'altro dall'argine del Po, Tobias si sperticava negli elogi di Giacomo, il piú mite, il piú innocuo degli esseri umani, una creatura che tanto aveva sofferto.

– Metterei la mano sul fuoco per lui, signori.

Molto diverso, il focoso pittore, dal posato rabbino che, c'era da giurarlo, se si fosse accertata una qualche sua colpa, non avrebbe esitato a gettare il povero Giacomo in pasto ai leoni. D'altronde Tobias Zevi era un artista, e il rabbino Rebaudengo il massimo responsabile della sua comunità. L'uno ragionava per istinto, l'altro per calcolo. Politica, politica e potere, ancora una volta.

– Ditemi: perché questa scelta di spostare l'atelier fuori dal Ghetto? – chiese Gualtiero.

– Perché voi gentili pagate meglio, – rispose sincero l'altro.

– Avete dipinto molti ritratti, Tobias?

– Moltissimi. Sono assai ricercato, non per farmene un vanto. Pensate che...

– Anche di nobiluomini? – lo interruppe Gualtiero.

– Nobiluomini e nobildonne, gentiluomini e gentildonne, ragazzi, bambini, avvocati, banchieri... di tutto un po', caro dottore. E verso regolarmente la decima parte nelle casse della comunità. Non mi sono arricchito, ma non posso certo lamentarmi.

– L'occasione, – mormorò Gualtiero, poi afferrò il pittore per un braccio. – Ho bisogno di voi, Tobias.

– Dite.

– Mi serve un elenco di tutti quelli ai quali avete fatto il ritratto negli ultimi due anni. Ossia, da quando Giacomo è apparso nella comunità.

– Non è difficile. Ho un registro dove annoto tutto, committenti, date, rate e pagamenti. La tradizionale attenzione della mia gente per i *danè*, – aggiunse, con una smorfia amara. – Ma ditemi, a cosa vi serve questo elenco?

Emiliano s'intromise.

– Noi non crediamo che Giacomo sia un assassino. Pensiamo piuttosto che conosca l'assassino, il quale forse si serve di lui. Non sappiamo come si siano conosciuti, ma ci domandiamo se non si siano incontrati nel vostro atelier.

– Capisco, – annuí il pittore, – farò tutto ciò che posso per aiutarvi.

Mentre Gualtiero, visibilmente compiaciuto, straparlava di allievi diligenti e maestri virtuosi, Jacques arrestò la carrozza davanti a una casupola.

– Strano, – osservò Tobias, l'aria perplessa, quando furono davanti all'uscio, sul quale campeggiava la targa «Mastro Zevi, artista», – ricordavo di aver chiuso la porta... purché non mi abbiano rubato i ferri del mestiere!

Emiliano si mise in guardia. Niente di anomalo se Giacomo, ormai consapevole di essere l'uomo piú ricercato dell'intero Piemonte, si fosse rifugiato in un luogo che ben conosceva: lo studio del suo amico pittore. Ma si sarebbe dimenticato di chiudersi a chiave? Impugnata la piccola pistola, dalla quale ormai non poteva piú separarsi, scostò gli altri due ed entrò per primo.

Non c'era nessuno.

La luce del mattino filtrava nella stanza, creando effetti di pulviscolo dorato che andavano a infrangersi su un dipinto. Un nudo di donna.

Emiliano non ebbe bisogno di avvicinarsi per riconoscere quel volto, quel sorriso, le curve di quel meraviglioso corpo.

Naide. La sua Naide aveva posato, nuda, per il giovane pittore.

– Vi piace, vero? – ridacchiò Tobias, sopraggiungendo insieme a Gualtiero. – Non siete il solo. Torino intera adora la bellissima Naide Malarò.

Emiliano si sentiva avvolto da una nebbia malsana. L'assassino, l'uomo dal labbro leporino, gli ebrei, il pittore, e ora Naide. Verso dove stava mai precipitando? Che cosa lo attendeva alla fine della corsa? I pensieri si affastellavano nella sua mente. Naide e il giovane pittore. Possibile che fra loro... «Io non posso amare piú di un uomo alla volta», gli aveva detto lei. Ma poteva fidarsi? Quanto davvero poteva dire di conoscere la sua Naide? E quanto, infine, era davvero sua?

– Non fare sciocchezze. Ci penseremo dopo. Ricorda: siamo in missione.

Il tono allarmato di Gualtiero lo fece tornare in sé. Intascò l'arma e si sforzò di assumere una posa indifferente.

Il pittore aveva ultimato una sommaria esplorazione dell'atelier. Sollevato, annunciò:

– A quanto pare non manca niente. Evidentemente avevo dimenticato di chiudere. Ma... vi sentite bene, tenente?

– Sto benissimo. Ora, se non vi dispiace, quei ritratti.

– Devono essere da qualche parte. Adesso ve li cerco... Ma dove sono finiti?... Ah, forse li ho messi qui.

Il pittore liberò da fogli, pennelli e tele bianche una lunga cassapanca.

Emiliano e Gualtiero erano alle sue spalle quando il coperchio fu sollevato.

E fu cosí che videro.

Una maschera d'argento.

Un mantello color blu profondo.

Uno stiletto dalla lama incrostata di sangue secco.

Un pacco di foglietti, di quelli distribuiti dall'uomo dal labbro leporino.

I ferri del mestiere dell'assassino.

– Non so proprio come... – azzardò Tobias, il viso di colpo terreo.

Emiliano estrasse la pistola.

– Tobias Zevi di Samuele, in nome di sua maestà Carlo Alberto, re di Sardegna e Piemonte, vi dichiaro in arresto.

– Non precipitiamo le cose, – s'intromise Gualtiero.

– Sto facendo solo il mio dovere.

– Lasciamo che ci spieghi, almeno.

– Non c'è niente da spiegare.

– Stai commettendo un errore, Emiliano.

– Levati di mezzo, Gualtiero!

Il medico abbatté un colpo secco sull'avambraccio del tenente. La pistola volò via. Il pittore ne approfittò per lanciarsi verso l'uscio.

E si scontrò con la massiccia figura di Jacques: il nero era accorso, attirato dalle urla dei due amici.

– Fermalo! – ordinò Emiliano, che nel frattempo aveva recuperato l'arma.

– Lascialo andare!

Jacques esitò. Da un lato, c'era l'ordine perentorio dell'autorità. Dall'altro, la fedeltà a Gualtiero.

Emiliano cercò di valutare freddamente.

Se fosse stato al posto di Jacques, avrebbe obbedito al cuore, piú che alla ragione. E Tobias sarebbe diventato uccel di bosco. Del resto, tutto ciò che possedeva era un'arma a un colpo solo. Per nessuna ragione al mondo l'avrebbe usata contro chi gli aveva salvato la vita. Ma aveva anche un compito da portare a termine: per nessuna ragione al mondo poteva lasciar fuggire il piú che probabile assassino. E, per giunta, non c'era tempo da perdere: Jacques si stava già facendo da parte per lasciar passare il pittore.

Perciò fece ciò che le circostanze gli imponevano.

Afferrò Gualtiero e gli puntò la pistola alla tempia.

– Jacques, porta quell'uomo sulla carrozza. Io ti seguirò con Gualtiero. Se non obbedisci, lo condanni a morte!

– Non lo farà mai, lo conosco, – urlò, di rimando, il medico. – Jacques, lascia andare il pittore. Con questo stupido me la vedo io.

– Vuoi proprio mettermi alla prova, Gualtiero?

Restarono in posizione di stallo per qualche secondo, poi il nero scosse la testa.

– Perdonatemi, Monsieur. Ho già visto scorrere troppo sangue nella mia vita. Perdonatemi.

E fu cosí che l'assassino delle donne, El Diaul, venne arrestato.

XXII.

Seguirono giorni frenetici.

Quando si sparse la notizia dell'arresto, Torino tirò un sospiro di sollievo. Poi si seppe che si trattava di un ebreo, e i soliti facinorosi architettarono un nuovo attacco al Ghetto. Lo trovarono presidiato dai carabinieri reali, e dovettero desistere.

La comunità ebraica si spaccò. La maggioranza stava con Tobias Zevi di Samuele. Chiunque avesse conosciuto il giovane pittore, non esitava a crederlo innocente, e si rifiutava di prestare fede all'accusa. Ma i maggiorenti, con in testa il rabbino Elias Rebaudengo, invitavano alla prudenza: perché schierarsi cosí apertamente con un uomo sospetto di cosí atroci delitti, quando ben poteva darsi che il sospetto si mutasse in certezza? Non sarebbe stato piú opportuno, nell'interesse della comunità, prendere le distanze da Tobias Zevi, affidarsi alla giustizia piemontese, evitare, insomma, una pericolosa confusione fra la singola mela marcia e l'intero cesto di mele? Inizialmente osteggiata, questa posizione finí col guadagnare presto un certo credito, anche perché, a mano a mano che si indagava sul passato di Tobias Zevi di Samuele, affioravano particolari di una biografia tumultuosa, antichi episodi di una gioventú rissosa che, enfatizzati nel modo piú opportuno dal-

la propaganda, finirono per coinvincere anche i piú
restii che quel ragazzo era un violento costituzionale, un individuo pericoloso, con ogni probabilità un
alienato le cui incongruenze di comportamento non
era il caso di giudicare con il metro della ragione, un
bubbone che andava estirpato dalla società. Le voci favorevoli si affievolirono sino a tacere del tutto,
e infine il figlio degenere venne rinnegato e coperto di infamia. Certo, il disgraziato giovane aveva in
pratica condotto lui stesso gli investigatori nel luogo preciso dove sarebbero state trovate le prove che
l'avrebbero inchiodato. In altro contesto, l'accusa ne
sarebbe uscita a pezzi. Ma per come stavano le cose,
la circostanza fu ignorata: si era formata una corrente impetuosa che passava sopra ogni dettaglio logico.
La piazza esigeva il suo colpevole, e poco importava che fosse nient'altro se non un capro espiatorio.
Emiliano, gratificato della patente di pubblico eroe,
taceva il piú possibile.

Formalmente accusato di sei omicidi, Tobias Zevi di Samuele fu processato dal senato del Piemonte
al cospetto di una folla che assiepava in ogni ordine
di posti un'austera aula troppo esigua per contener-
la tutta. Per quelli che erano rimasti fuori, venivano stampati a getto continuo fogli con il resoconto
delle udienze. Fogli che giravano di mano in mano
suscitando esclamazioni di ira, stupore, raccapriccio.

Tobias Zevi, difeso da un giovane avvocato che
non mancò di far capire a chiunque quanto avrebbe desiderato trovarsi a mille miglia di distanza da
quell'incarico sgradito, si protestò innocente, accampando, per i giorni dei delitti dei quali lo si accusava,
alibi che non vennero presi in considerazione. To-

rino voleva che l'incubo finisse. Torino reclamava una condanna esemplare.

Emiliano era pieno di dubbi. C'erano troppe zone oscure, troppi misteri non risolti.

Si era accertato se Tobias avesse acquistato un mantello di quel colore, da chi e quando?

Perché, se era davvero l'assassino, Tobias Zevi avrebbe dovuto custodire reperti cosí imbarazzanti nel suo gabinetto di lavoro e mostrarli senza il minimo pudore, ma soprattutto senza la minima accortezza, a testimoni terzi?

Si era indagato a fondo sull'uomo dal labbro leporino e sui rapporti intercorrenti fra costui e il presunto assassino?

Chi aveva stampato i fogli che accusavano gli ebrei, e dove?

Perché un ebreo osservante come Tobias avrebbe dovuto commettere omicidi che gettavano il discredito sulla comunità di appartenenza e addirittura rivendicarli?

Si confidò con Lazari. Il maggiore gli inflisse un'autentica lavata di capo. Non riusciva a spiegarsi come, invece di godersi il meritato trionfo, se ne andasse in giro, con tutto il rispetto, a cagare dubbi. Stava forse rimettendo in discussione la sua stessa opera? Voleva che l'onta si abbattesse sull'intero corpo al quale apparteneva? Già quelli dell'alta polizia governativa cominciavano a spargere tutt'intorno voci sarcastiche...

– Quando sarete chiamato a deporre, astenetevi da qualunque commento non autorizzato. È un ordine.

Poi fu la volta di Cavour, al quale Lazari aveva riferito tutto. Il conte lo costrinse a una scarpinata sino a Grinzane, e lo ricevette in municipio, dopo una lunga attesa.

Emiliano non l'aveva mai trovato cosí freddo e scostante.

– L'atteggiamento positivo che la comunità ha assunto in questa vicenda è stato molto lodato in alta sede, mio caro Saint-Just. Il colpo che si voleva portare è stato abilmente parato. Prendendo le distanze dal Diaul, gli israeliti hanno dimostrato di essere bravi cittadini e di saper anteporre le ragioni della giustizia a quelle della fede. I regolamenti di Carlo Alberto hanno subito un ritardo, certo, ma presto verranno approvati. Non è opportuno andarsene in giro a seminare incertezza.

– Foste voi il primo a parlare di congiura.

– E non lo nego! Ma, come vi dicevo, la congiura è fallita. Quindi, ne traggo le conseguenze del caso.

– C'è qualcuno dietro tutto questo!

– Ed è tornato nell'ombra. Mi ritengo soddisfatto. D'altronde, presto tutta questa vicenda sarà dimenticata. Fatelo anche voi. Dimenticate. Godetevi la gloria, la vostra bella attrice, e lasciate perdere il resto.

– E se avessi commesso uno sbaglio? Se quell'uomo fosse innocente?

Cavour lo fissò con un sorrisetto sarcastico, e tuffò la testa nelle sue carte. La domanda rimase senza risposta.

Il processo riprese il suo corso normale: ogni fonte accusatoria veniva lodata, ogni tentativo di introdurre il dubbio stroncato senza rimedio.

Il professor Lampada, luminare della scienza medica alienistica, dichiarò che Tobias Zevi di Samuele era un delinquente costituzionale, affetto da una rara patologia cerebrale che sarebbe stata evidenziata anche sul piano fisiologico ove fosse stato possibile procedere all'esame del suo cervello. Sfortuna voleva, aggiunse con un sospiro straziante, che ciò fosse del tutto impossibile, finché fosse rimasto in vita. Spiegò che anche le caratteristiche fisiognomiche del soggetto corrispondevano in tutto e per tutto alla patologia, e concluse raccomandando che fosse dichiarato non punibile per insanità assoluta e assegnato vita natural durante al manicomio criminale.

Quando fu il suo turno, chiamato dal difensore, Gualtiero esordí definendo Lampada «un asino conclamato». Ammonito dal presidente, rincarò la dose:

– L'asinità non è prerogativa dei medici alienisti, signor mio. Ne abbondano gli esempi in ogni altro campo dello scibile umano. Magistrati inclusi.

Minacciato di arresto immediato per oltraggio al senato, inforcò gli occhialetti e proclamò, con tono arrogante, che Tobias Zevi di Samuele era l'uomo piú sano di mente presente in quella stanza, «dopo di me, beninteso». Illustrò le sue piú recenti scoperte in tema di monomania omicida, ed escluse radicalmente che il ritratto mentale dell'imputato corrispondesse a quello dell'assassino.

– E come sarebbe, allora, questo assassino?

– Un uomo come voi e me. Un signore di classe agiata, affetto da un male terribile, e perdipiú manipolato da un qualche cinico mestatore che ha in odio gli ebrei.

Una valanga di urla, proteste, schiamazzi gli rese impossibile proseguire. Il presidente lo congedò con un cenno ineducato, un «vada via» che non passò inosservato e che contribuí a seppellire il suo brillante ingegno sotto un'onda di discredito.

Depose anche Naide. Aveva sentito parlare del pittore da una persona molto in vista nella società, che ne aveva lodato le qualità di ritrattista.

– Chi è questa persona, signora?

– Non sono autorizzata a rivelarne l'identità. Ma posso dire che per tutte le lunghe sedute durante le quali ho posato per Tobias, egli non solo non mi ha mai mancato di rispetto, ma si è sempre mostrato umile, intelligente, garbato e padrone di sé. Eppure, sarei stata una facile preda per le sue brame, se solo ne avesse avute.

Il presidente incassò la dichiarazione con una smorfia. La Malarò era un'attrice molto amata. Le sue parole rischiavano di avere un certo peso nel processo. La situazione andava raddrizzata.

– E quindi decideste di farvi ritrarre da lui… in costume adamitico!

Naide osservò freddamente la folla, percorsa da un brivido morboso. Attrice, e questo già deponeva male sul piano della virtú. Perdipiú nuda. Il popolo aveva di che fantasticare, giudicare, condannare. Il gioco del magistrato era fin troppo chiaro.

– Volevo fare omaggio del mio ritratto senza veli all'uomo che amo, signor presidente.

L'aula tacque. Gli sguardi si concentrarono su Emiliano, che sedeva nelle prime file e si sentí avvampare.

– O meglio, – riprese Naide, fissandolo con un trasporto che lo lasciò sgomento, – all'uomo che amavo.

La sera stessa, Emiliano la abbordò all'uscita dal teatro.

Quando se lo vide comparire davanti, nella sua uniforme, con il cappello piumato sotto il braccio e un mazzo di rose fiammanti nell'altra mano, Naide lo ignorò, e si avviò decisa alla sua carrozza.

– Ti prego, ascoltami!

– Non abbiamo niente da dirci.

– Quando ho visto il tuo ritratto ho pensato...

– Hai pensato male. E sei fuggito come un codardo. Addio!

– Naide, ti prego, aiutami...

Lei aveva già un piede sul predellino. Si fermò, sospirò, si voltò verso di lui. Non c'era freddezza nei suoi occhi, semmai rammarico.

Emiliano distolse lo sguardo da lei. Avvertí di colpo il peso del mazzo di fiori e cominciava a sentirsi ridicolo, con una punta persino di rabbia, ma riuscí a dire:

– Io non credo che Tobias sia colpevole, e perdonami per aver dubitato di te. Ma tutta Torino sembra non volere altro che la testa di quell'uomo. Domani dovrò deporre, e... non so che fare.

– Fa' la cosa giusta, Emiliano! Va' da quei signori e digli che tu, l'uomo che l'ha arrestato, sei certo che quello non sia l'assassino. O almeno, esponi i tuoi dubbi. Tu sai che Gualtiero ha ragione. Sai che quel poveretto è innocente come l'acqua chiara. Fa' il tuo dovere, Emiliano!

Quella notte non ci fu, per Emiliano, nessun sonno ristoratore. Dopo essersi rigirato a lungo fra le coperte, incapace di dominare il flusso incoerente dei pensieri che lo assillavano, indossò abiti pesanti, si diresse alle stalle di piazza Carlina, svegliò l'assonnato piantone, sellò personalmente Morgante e se ne andò in collina a cavalcare. Gli zoccoli del cavallo percuotevano la terra gelata, e dalle froge dell'animale partivano continui sbuffi d'aria che ricordavano il fumo di condensa di una locomotiva. Nessun grido di uccelli, nessuna voce umana rompeva il silenzio di una notte freddissima.

Perché toccava proprio a lui questa decisione? Perché non poteva limitarsi a consegnare i risultati del suo lavoro e basta, dimenticare, passare ad altro? Perché era condannato a portare un simile peso? Scagionare il pittore, che l'intera società aveva già giudicato colpevole, significava perdere tutto. E riconquistare però la stima di Gualtiero e...

Ma Naide? Sarebbe tornata da lui? In lei l'antica fiamma non si era dunque spenta? Ripensò a quelle lunghe serate trascorse a discutere del caso con lei e con Lancefroid. All'intesa immediata che si era stabilita fra l'attrice e il medico. Quanto erano simili, quelle due intelligenze inquiete! Le loro menti si erano congiunte all'istante, preda di una reciproca, inarrestabile attrazione. E i loro corpi? Era forse scoccato, sul piano della materia, lo stesso arco che aveva provocato la scintilla degli intelletti? In tal caso, egli sarebbe rimasto sempre e comunque il terzo escluso.

Immagini intollerabili presero corpo.

Naide e Gualtiero, Naide e Gualtiero, Naide e Gualtiero...

Un grumo oscuro gli montava dentro. Era come se la bava tossica del Diaul l'avesse contagiato. Cavour, Lazari, la corte, la politica lo stavano manipolando. Ma lo stesso non poteva dirsi pure di Naide e di Gualtiero? Non gli si chiedeva da tutte e due

le parti di farsi portavoce di decisioni prese altrove,
e da altri?

Era l'attore che un capocomico perverso aveva sca-
raventato, contro la sua volontà, al centro del palco.
Ignorava che parte dovesse recitare. Dalla buca del
suggeritore partivano bisbigli falsi e osceni. Il pubblico, fremente d'attesa, cominciava a rumoreggiare.

Alla fine, pronunciava una battuta a caso.

E tutti ridevano di lui.

Morgante s'era arrestato nei pressi di una fontana. L'acqua che usciva dall'esile cannula si mutava
subito in cristalli di ghiaccio. Emiliano smontò di
sella, raccolse fra le mani a coppa un po' di liquido e
dissetò l'animale. Quello, in un moto di gratitudine,
passò sulla sua faccia la lunga lingua rasposa.

Quando, all'alba, fece rientro nelle stalle, la decisione era presa.

Naide era là, seduta in prima fila, accanto a Gualtiero, che sfuggiva il suo sguardo. Era là, attendeva
una sua parola. Nei suoi occhi, per un istante, Emiliano vide brillare l'antica fiamma, e dubitò.

Ma le immagini atroci ripresero a infestarlo, e
quando lo chiamarono al banco dei testimoni, dopo
aver ricostruito i passaggi principali dell'inchiesta
dichiarò con voce ferma che il suo dovere l'aveva
fatto, e non toccava a lui stabilire se l'imputato fosse innocente o colpevole. E quando il presidente gli
domandò se aveva altro da aggiungere, scosse il capo
e si avviò all'uscita, salutato dagli applausi della folla.

Tobias Zevi di Samuele, in forza dell'articolo 99
del codice penale del regno di Piemonte, fu dichiarato
non punibile in quanto affetto da «furor maniaco» e

immediatamente trasferito nella sua ultima, eterna dimora: il regio manicomio.

Tutti i dubbi sollevati da Gualtiero furono cancellati da quella dizione che acquietava ogni coscienza: «furor maniaco».

L'ultimo atto si consumò mentre la folla, delusa per il mancato supplizio teatrale cosí atteso e invocato, si disperdeva nelle vie del centro spruzzate dai primi assaggi di neve. Fu lí che si ritrovò faccia a faccia con Gualtiero. Le parole dell'amico di un tempo risuonarono come una sentenza senza appello:

– Tornerà a colpire, e il sangue delle vittime ricadrà su di te!

Una settimana dopo questi eventi, Gualtiero Lancefroid partí per le Americhe.

Naide lo seguí.

Ai primi dell'anno nuovo, Emiliano raggiunse la sua nuova destinazione, Chambéry, e fu lí che lo raggiunse la promozione a capitano.

Parte terza

Torino, agosto 1848

I

Alla fine della guerra Emiliano, nel frattempo promosso maggiore «per meriti acquisiti sul campo», rientrò a Torino e si presentò al regio manicomio con il pretesto di un'ispezione. Il vero scopo della sua missione era un altro: incontrare Tobias Zevi, l'uomo ingiustamente accusato di essere El Diaul. Chiedere il suo aiuto. Ottenere il suo perdono.

Fondato nel 1728 da Vittorio Amedeo II, l'antico Ospedale dei Pazzarelli sorgeva su un vasto appezzamento di terreno una volta occupato da fortificazioni ormai demolite. Vi si accedeva, per via Giulio, da un ampio ingresso presidiato da guardiani in borghese. I sovrani sabaudi, che certo non stravedevano per turiboli e paramenti, ne avevano sottratto la gestione alla Confraternita del Santissimo Sudario e Vergine Santissima per affidarla ai migliori medici del tempo.

Emiliano apprese queste informazioni, e molte altre ancora, dalla viva voce del direttore sanitario, il professor Giovanni Stefano Bonacossa, un cuneese non ancora cinquantenne dai modi affabili.

– Sono contrario all'abuso dei mezzi di contenzione, maggiore, e rifuggo dall'eccessivo impiego di salassi, clisteri, docce fredde e altri strumenti, per cosí dire, classici. Le moderne teorie puntano piuttosto alla rieducazione dei ricoverati che non alla loro mera esclusione dal consesso civile.

Emiliano seguiva Bonacossa lungo i corridoi e i vasti cameroni del reparto uomini, osservando quella ininterrotta galleria umana e soffermandosi sui personaggi che piú lo colpivano. Un anziano in un'elegante marsina che dialogava sussiegoso con un immaginario interlocutore. Due fratelli, le teste incredibilmente piccine su corpaccioni da fabbri ferrai, che sorridevano e s'inchinavano al loro passaggio. Un giovane dall'aria straziata che ciondolava il capo da un lato all'altro in un moto tanto incessante quanto insensato. Un ometto offrí a Emiliano un piccolo fiore di carta: indossava un pigiama a righe con un inverosimile cravattino a farfalla color cremisi.

– Grazie, Toniatto, – sorrise il professore, – il maggiore apprezza molto il tuo dono.

L'ometto si fece tutto rosso e improvvisò una straziante riverenza.

– E adesso, su, forbici.

L'ometto prese a piagnucolare.

– Vuoi che lo dica agli inservienti? Lo sai com'è andata a finire l'ultima volta, vero?

Tutto vergognoso, quello infine cavò dalla tasca un minuscolo paio di forbici e lo porse allo scienziato.

– Bene, bravo. Per questa volta la passi liscia, ma... che non succeda piú, intesi?

L'ometto si ritirò, scuotendo la testa e canticchiando una nenia incomprensibile con una vocina isterica.

– Un caso grave di parafilia, – spiegò Bonacossa, riprendendo il cammino, – non può fare a meno di molestare giovani adolescenti. Maschi. È innocuo, a mio modo di vedere, e nello stesso tempo pericoloso. Non so come riesca a procurarsi forbici, coltelli e altri strumenti, ma sinora non li ha mai usati contro esseri umani. Ci ricava fiori di carta o intaglia il legno. Gli inservienti, chissà perché, lo temono molto. Il mio lavoro è assai criticato, sa, non creda che sia tutto rose e fiori.

Gli ambienti erano ordinati, come Emiliano non si sarebbe aspettato.

– Impieghiamo i degenti piú tranquilli in attività sociali. Sto persino valutando la possibilità di organizzare rappresentazioni teatrali. Ergoterapia, cultura e istruzione possono compiere miracoli in una mente devastata, mi creda.

Bonacossa spiegava, illustrava, chiariva. Chiamava «ricoverati» i suoi pazienti, e nella sua voce vibravano rispetto, tolleranza, persino affetto. Ma era come se intendesse giustificarsi, o forse giustificare a sé stesso, un'istituzione comunque disumana.

Le sbarre alle finestre, l'andirivieni degli inservienti, nerboruti e con un'espressione che andava dall'ebete al minaccioso, il caldo opprimente dell'estate avanzata, certi scoppi di grida rauche o di risate oscene... Tutto comunicava un senso di ineluttabilità che si accompagnava a un principio struggente di malinconia. Ineluttabilità incolpevole, pensò Emiliano, con una punta d'angoscia. Per ragioni professionali, aveva piú volte visitato luoghi di detenzione. Ma nelle carceri ci si finisce perché si è colpevoli di qualche crimine, nel regio manicomio si è «ospitati», per dirla con Bonacossa, perché Dio o chi per lui ha deciso cosí. Senza colpa e, a quanto pareva, senza appello. E lui, col suo silenzio, aveva lasciato che Tobias Zevi di Samuele, senza colpa, fosse crocifisso.

– Di là si accede al reparto donne, – comunicò il direttore quando giunsero a una biforcazione del grande corridoio centrale. – Se volete visitarlo...

– Non credo sia necessario, professore. Vi confesso che l'ispezione è solo un pretesto. In realtà, io...

– Credete che non l'abbia capito? Voi siete qui per El Diaul.

Davanti allo sguardo corrucciato del direttore, Emiliano chinò il capo. Lo psichiatra spiegò che i condannati alla detenzione manicomiale erano sottratti alla giurisdizione medica e assoggettati al regolamento militare.

– Sono carcerati a tutti gli effetti. Anche se, dal mio punto di vista, restano pazienti. Ecco, siamo arrivati. Di là da quella porta io non ho piú potere. Servirebbe un permesso scritto dell'autorità giudiziaria, ma date le circostanze...

Bonacossa richiamò con un cenno due custodi, ancora piú nerboruti e, se possibile, stonati, e presentò Emiliano.

– Il maggiore è autorizzato a incontrare Tobias Zevi.

– El Diaul? – spiò uno di costoro, stupito.

Bonacossa annuí. Il guardiano tirò su col naso, bofonchiò qualcosa, poi armeggiò con una pesante chiave. Una porta di ferro girò sui cardini, e davanti a Emiliano si spalancò il reparto dei giudicati.

– Da qui in avanti comanda il mio collega Lampada, – precisò il medico in tono sprezzante, restandosene di qua dalla soglia e sfregando col piede, a segnare con ostentazione un limite.

Emiliano comprese che la sua opinione sul luminare che già a suo tempo Gualtiero aveva definito
«un asino» non era delle migliori.

– Voi cosa ne pensate, direttore? – chiese Emiliano, mentre i due custodi sembravano impazienti di
porre fine a quella conversazione.

Bonacossa lo fissò con gli occhi limpidi e furbi.

– Il senato lo ha giudicato colpevole ma non im-
putabile. Non sono abituato a discutere le senten-
ze. Ma, dopotutto, dovreste saperne piú di me, visto
che siete stato voi a catturarlo e spedirlo qua dentro,
non trovate?

Il nuovo reparto non sembrava diverso dagli altri
che Emiliano aveva appena attraversato.

Vi regnavano lo stesso ordine e la stessa pulizia, e
solo dopo aver percorso l'ennesimo, lungo corridoio,
si rese conto con stupore della differenza.

Il silenzio.

Non una voce, non un grido, una risata, non un
rumore dovuto a una qualunque attività umana, dal
colpo di tosse allo strascicare di passi.

Solo silenzio.

Il corridoio, sul quale si aprivano tre celle dalle fe-
ritoie serrate, terminava in una specie di slargo ova-
le dove aveva sede il posto di guardia. Su un ampio
ripiano erano posati avanzi di un misero banchetto,
accanto a due mazze, altrettanti bastoni, catene e una
carabina con tracolla. Tre custodi giocavano a carte
tracannando a turno da un bottiglione che mandava
un forte odore di vino acido.

Uno dei guardiani che l'avevano scortato presentò Emiliano.

– *El chi ha pris El Diaul!*

La notizia non sortí alcun effetto sui tre armigeri, troppo presi dalle loro incombenze.

– Ha il permesso di vederlo, – insistette il guardiano.

Il piú alto dei tre, dopo essersi asciugato le labbra col dorso della mano, passò questa sulla giubba lercia e levò su Emiliano uno sguardo indifferente.

– Siete armato?

– Sí.

– Bene. State lontano dalla catena.

Ordinò al piú giovane di uno dei suoi accoliti di muoversi. Quello si alzò con fare indolente, afferrò un mazzo di chiavi e un bastone chiodato e fece segno a Emiliano di seguirlo.

Arrivarono alla cella centrale. Il guardiano aprí, e con un cenno ironico fece capire al giovane ufficiale che poteva entrare.

Emiliano mosse un passo incerto, poi un altro.

Un tanfo fetido lo percosse. Faticò a mettere a fuoco, nella penombra di quel buco cieco, illuminato da una fioca torcia fissata in alto a una parete: un lucignolo che stava esalando l'ultimo respiro.

S'intuiva un giaciglio, e sopra una figura che si agitava lentamente, penosamente. Da lí proveniva il puzzo: carni marce, umido, sudore, sangue, escrementi.

Emiliano si avvicinò ancora.

– La catena, attento. Non avvicinatevi troppo, – ammoní la voce del guardiano.

Emiliano non se ne curò e avanzò ancora, accompagnato da una bestemmia sorda. Quando si sentí afferrare per un braccio, si voltò e fissò il guardiano con odio.

L'altro arretrò. Emiliano strappò dal muro la torcia e l'accostò al giaciglio.

– Tobias. Tobias Zevi di Samuele, – sussurrò.

Un lento lamento, un mugolio indistinto, fecero da eco alla sua chiamata.

Il prigioniero era disteso su uno strato di paglia lercia, gli anelli di una corta catena, ancorata alla parete, serravano braccia e gambe coperte di piaghe. I capelli erano stati rasati a zero, segni di cicatrici solcavano il cranio. Ciò che rimaneva di Tobias Zevi pareva aver abbandonato anche il piú remoto sembiante umano.

Ma quel che piú faceva paura erano gli occhi.

Ancora vivi, percorsi da fremiti di rabbia, fissavano Emiliano e pronunciavano tremende parole d'accusa.

– So che siete innocente. Vi tirerò fuori di qui. Ma ho bisogno che rispondiate a qualche domanda.

Il prigioniero sembrò raccogliere le ultime forze, come per respingere Emiliano con le sue braccia incatenate.

Tobias non l'avrebbe aiutato. Quanto al perdono, sarebbe stata dura meritarlo.

Il guardiano levò il bastone e fece per scagliarsi.

Emiliano gli bloccò il braccio a mezz'aria. Per un istante, si confrontarono. Poi lo sgherro abbassò l'arma. Sul suo volto butterato affiorò un sorriso maligno.

– Come volete, signor maggiore, come volete. Tanto, voi adesso ve ne andate, e in questa bella casetta ci restiamo noialtri.

II.

Da Vienna era arrivato un nuovo ballo. Si chiamava valzer, e aveva il merito, ma secondo alcuni la colpa, di accorciare pericolosamente la distanza fra i danzatori, favorendo contatti sin troppo espliciti fra il cavaliere e la dama.

– Voi non ballate, Emiliano?

– La mia gamba non lo permette, maggiore comandante. E poi, anche se potessi...

– Già. Vi capisco. Un ballo austriaco è assai disdicevole, con quel che ci siamo appena lasciati alle spalle.

Dopo l'episodio di Pian del Co', i legami con Negri di Sanfront si erano rafforzati. Come spesso gli accadeva negli ultimi tempi, Negri non sembrava di buon umore. Anche se la promozione a colonnello era imminente, confidò a Emiliano, la repentina conclusione della guerra, con l'inglorioso armistizio di Salasco, aveva inferto un colpo fatale alla sua tempra di soldato. Più di ogni altra cosa, lo sfibravano le continue incertezze di Carlo Alberto.

– Meglio affrontare i cannoni di Radetzky e farla finita. Questo stillicidio di impennate e rassegnazioni è intollerabile. Un giorno si vuole immergere le baionette in un lago di sangue, quello dopo si inviano ambasciatori a blandire l'imperatore... è decisamente troppo, mio caro, troppo!

Negri si allontanò, scuotendo la testa. Emiliano si stava chiedendo per quanto tempo avrebbe dovuto sopportare la tortura di quel gran ballo quantomai inopportuno. L'incontro con Tobias Zevi lo aveva sconvolto. Il senso di colpa lo sovrastava. E non avrebbe avuto pace finché il vero Diaul non fosse stato catturato e la giustizia ripristinata. Ma non si poteva prendere congedo cosí, alla chetichella, senza violare questa o quella norma dell'etichetta di corte.

– Avete notizie della nostra cara Naide, signor maggiore?

Di tutti gli argomenti possibili di conversazione, ecco il peggiore che gli potesse capitare. Ma a porre la domanda era stato nientemeno che Gustavo Modena, il piú grande attore del momento. E a un interlocutore cosí autorevole, ancorché sospetto di pericolose simpatie mazziniane, non si poteva mancare di rispetto.

– Nessuna notizia, purtroppo, – rispose, perciò, con grande sincerità.

Modena allargò le possenti braccia.

– La sua decisione di abbandonare le scene è stata una perdita immensa, credetemi. Ancora non riesco a capacitarmene. E poi, quanto ci manca una come lei in questo mortorio.

Definizione piú appropriata non si sarebbe potuta trovare, in effetti. Mai si era vista, a memoria d'uomo, un'edizione cosí dimessa del gran ballo di mezza estate. Ma la grande delusione della guerra non autorizzava brillantezze di sorta. E nonostante l'intera corte, inclusi borghesi e artisti illustri, fosse convenuta a Palazzo Carignano, l'amaro sapore della disfatta si era impadronita del cuore di ognuno.

Gli unici a gioire erano i reazionari alla Pasquier.
Arroccati in crocchio in un angoletto del vasto salone d'onore, trincavano e spettegolavano, senza dismettere per un solo istante l'espressione dolente di chi ha appena sentito le proprie aristocratiche narici offese da un odore immondo.

Di colpo la musica tacque, i ballerini si arrestarono nel bel mezzo della piú ardita evoluzione, e il maestro di gala, con voce stentorea, annunciò:

– Sua maestà il re!

Un fremito percorse la sala. Le dame riposero i ventagli, qualche zelante piegò il ginocchio.

– Campagnoli, – mormorò divertito Negri, ricomparso al fianco di Emiliano, – o nuovi giunti. Non sanno che il re disdegna queste manifestazioni *ancien régime*.

– Certo, quando è nelle sue giornate liberali, – sottolineò con un certo sarcasmo il conte di Cavour, che si era aggiunto alla compagnia, trascinandosi appresso un distinto gentiluomo dai grandi favoriti bianchi.

Lo sgradevole ricordo del burrascoso incontro di Grinzane era ancora vivo in Emiliano, che salutò Cavour con rigida freddezza. Il conte, per tutta risposta, lo gratificò di un sorriso caldo che accese il suo volto ingannevolmente pacioso.

– Non mi pare un linguaggio appropriato, signor conte, – replicava intanto Negri, piccato.

Cavour ridacchiò.

– Suvvia, Negri, rivendicate il diritto di esclusiva sulle critiche al sovrano? Guardate che abbiamo la Costituzione, possiamo liberamente esercitare il diritto di parola. E questo è già un progresso, non credete?

Negri si limitò a incenerire con un'occhiataccia il rubicondo politicante.

Carlo Alberto era pallido, appariva persino malfermo sulle gambe. Alla sua prima uscita pubblica dopo Salasco, il re incedeva titubante, accogliendo con sorrisi tirati l'omaggio dei cortigiani. Si sentiva oggetto di giudizio, e lo temeva. A un passo lo seguiva il giovane Vittorio Emanuele. Cosí sanguigno, cosí ricco di energia, il primogenito di casa Savoia, da alimentare piú d'una diceria sulle sue reali origini.

Negri si accostò al sovrano, richiamato da un suo cenno.

Emiliano batté i tacchi.

– Se permettete, conte, io prenderei congedo.

– Quanta fretta! Lasciate che vi presenti il commendator Isacco Artom, mio amico, confidente e segretario particolare.

Emiliano si produsse in un inchino formale.

Cavour sembrò non darsene per inteso.

– Da quando nello scorso mese di marzo sua maestà ha finalmente abolito ogni discriminazione contro gli israeliti, Isacco, che è uno dei pilastri della comunità, lavora al mio fianco…

C'era un messaggio sottinteso? Cavour, ormai Emiliano l'aveva ben capito, non faceva e non diceva mai niente per caso. Ogni sua azione o parola avevano immancabilmente un senso, piú o meno confuso per il destinatario, ma chiarissimo alla mente lucida del conte. E ora il giovane ufficiale si domandava: che cosa ha in serbo, ancora, per me, quest'uomo terribile che ha fatto della politica la sua religione personale?

Cavour lo squadrava, in attesa di una sua parola.

– È stata una decisione saggia, sotto tutti i punti di vista, – commentò, attendista.

– Oh, suvvia, non dovete certo rassicurare me circa le vostre opinioni, le conosco sin troppo bene. Sbaglio, o foste proprio voi a sollevare dubbi su quella famosa vicenda che ci occupò un paio d'anni or sono?

– E io sbaglio, – replicò Emiliano, incapace di trattenersi, – o foste proprio voi a ordinarmi di metterli a tacere, quei dubbi?

– Eh, mio caro amico, – rise Cavour, – ecco un punto a vostro favore. Mi avete colto in fallo. Un'espressione come «sbaglio o foste proprio voi» è oltremodo deleteria, in politica. Quella, e un'altra espressione che vi sconsiglio di usare: «ve l'aveto detto!» Simili modi di dire prestano il fianco all'immediata stoccata del rivale, cosa che è appunto accaduta poc'anzi. Quando un politico usa una di queste due espressioni, è a un passo dalla catastrofe.

– E quale sarebbe, allora, l'espressione giusta da usare?

– I tempi cambiano, le cose pure. Ecco un'espressione confacente all'*homo politicus*. D'altronde, io non mi considero vostro rivale, tutt'altro, e vorrei che questo sentimento fosse reciproco –. Poi il conte si fece serio. – Artom la pensa come voi. Avete arrestato la persona sbagliata.

Il segretario di Cavour annuí, con un vago sorriso. Emiliano non credeva alle sue orecchie. Ma se proprio Cavour, due anni prima… Ah, già, i tempi cambiano… Per la seconda volta, non riuscí a trattenersi.

– E la congiura? Anche la congiura segue i tempi?

– Piú che mai, mio caro e giovin maggiore, – confermò Cavour, imperturbabile, – oggi, di nuovo,

Carlo Alberto è preso in mezzo a due fuochi. C'è chi, come me, pensa che si debba tornare a muover guerra all'Austria, e chi, come i nostri amici reazionari, vorrebbe consegnarci semplicemente all'oblio della Storia. Dunque, dato il contesto, un assassino potrebbe sempre tornare comodo. Ecco perché ho molto apprezzato che oggi abbiate reso visita a quello sventurato. E vi dico qui, alla presenza di Isacco, un uomo nel quale ripongo la massima fiducia: qualunque cosa abbiate in mente, potete contare sul mio aiuto.

– Potreste cominciare da subito a manifestarlo, il vostro aiuto, – ribatté Emiliano, deciso, – le condizioni in cui versa Tobias Zevi sono spaventose. Se non era malato quando lo abbiamo spedito al manicomio, bene, lo è diventato adesso. Fate in modo che venga trasferito in un ospedale degno di questo nome. Sarebbe sufficiente che venisse spostato di reparto.

– È difficile, ma con la dovuta discrezione si può fare. Voi però, intanto, mettetevi all'opera.

Cavour rimase un poco in silenzio, riflettendo.

– E questa volta, – aggiunse poi, – bisogna scoprire il burattinaio… colui che regge le fila del gioco… non possiamo piú fermarci al livello infimo, dobbiamo schiacciare la testa della serpe.

– L'Impresario, – mormorò Emiliano. Poi spiegò: – È cosí che lo chiamava Gualtiero… l'Impresario…

– Be', se fosse davvero un impresario, – concluse Cavour, con una franca risata, – allora potremmo chiedere aiuto al nostro amico Modena.

E preso sottobraccio Isacco Artom, si avviò verso il grande attore, che cercava di risollevare l'umore nero del re declamando chissà quale facezia.

III.

Tutto il materiale acquisito durante l'inchiesta era depositato presso la conservatoria del senato. Emiliano, all'indomani del ballo, vi si diresse di buon mattino, pronto a trascorrervi, se necessario, l'intera giornata. Ma, gli fu spiegato da un solerte archivista, in quel momento nella zona dei sequestri giudiziari si stava celebrando l'annuale rito delle grandi pulizie.

– Un caos indescrivibile, signor maggiore. Abbiamo persino dovuto convocare l'acchiapparatti, perché sa, quelle bestiacce, risalendo dal fiume... Se tornate al tocco della mezza, vedrò di farvi passare comunque.

Restavano, dunque, alcune ore da impiegare, o meglio, da ammazzare: non foss'altro per dominare l'ansia. Il fido Pierre suggerí la cosa giusta da fare:

– Una bella sgambata al Valentino, comandante. Con questo sole magnifico, ne trarremo tutti giovamento, voi, io e il buon Morgante, che già rimpiange il campo di battaglia.

Sellarono i cavalli e si avviarono verso il parco. Con loro grande sorpresa, trovarono l'accesso principale presidiato da un picchetto dell'esercito. Un sottufficiale giovanissimo, dall'aria smarrita e la voce esile come un pigolio, li affrontò.

– Mi dispiace signori, ma se volete proseguire dovrete lasciare qui i cavalli. Disposizioni superiori.

– Che diavolo succede? – s'informò Emiliano, rimpiangendo di non aver indossato la divisa.

– È per via del pallone, signore. La francese dice che i cavalli disturbano l'armonia delle stelle.

– Stelle? Quali stelle? Non è mica notte, per la miseria! – insorse Pierre.

Il ragazzo si strinse nelle spalle ossute. Emiliano comprese che ogni insistenza sarebbe stata inutile. Ma la sua curiosità era stata risvegliata. Chi era quella francese che considerava i cavalli un disturbo alle stelle? E di quale pallone si trattava? Lasciò Pierre di guardia alle cavalcature e si addentrò nel parco. A mano a mano che avanzava, si vedeva attorniato da una sempre crescente folla di curiosi. Era evidente che si stava preparando qualcosa, ed era quanto mai strano che un evento in grado di suscitare una simile attesa gli fosse sfuggito. Va bene, era appena rientrato dalla guerra, eppure…

– Eccolo, è là! Mamma mia, che impressione!

A pronunciare queste parole era stata una dama dalla figura sottile che si proteggeva dal sole con un ombrellino color lillà e porgeva il braccio a un azzimato bellimbusto. La coppia, che lo precedeva di qualche passo, si era arrestata di botto sul limitare di una collinetta.

– Mia cara, se solo volessi… potresti venirci con me, lassú…

– Dici sul serio, Ottaviano?

– Conosco di persona Madame Poitevin. Se glielo chiedessi, non me lo rifiuterebbe di certo. Basta una tua parola, mia cara.

Emiliano, chiedendo permesso, aggirò i due innamorati, e infine la sua curiosità fu soddisfatta.

Al centro della spianata, giusto in faccia al Castello del Valentino, un'enorme mongolfiera, ancorata al
terreno mediante grosse funi, ondeggiava pigra sotto gli sguardi dei torinesi. Un prezioso firmamento
notturno, dipinto sulla gonfia struttura, scintillava
sotto i raggi del sole.

Volare, pensò Emiliano con un brivido, distac-
carsi da terra, separarsi per un breve momento dalla
propria ombra, sfidare l'ignoto, assaporare l'imma-
terialità. Ah, se Naide fosse stata con lui, a condividere la sua emozione.

– Impressionante, vero?

Il bellimbusto e la damigella l'avevano raggiunto,
e dal suo stesso punto di osservazione contemplava-
no lo spettacolo.

L'uomo indicò una donna alta, dal portamento
maestoso, intenta a maltrattare un ometto minuscolo, dai lunghi baffi e dal ventre prominente.

– È lei, sapete? Madame Poitevin. Si leverà in volo proprio da qui, la notte del primo di settembre,
e tenterà un esperimento rivoluzionario. Qualcosa
di inedito, signor mio... si lancerà da duemila piedi
con un paracadute! Ma ci pensate? E noi, mia cara,
se tu volessi, – aggiunse, rivolto alla sua compagna,
– potremmo esserci!

Emiliano salutò i due sconosciuti e tornò sui suoi
passi. Gli occhi bassi, cullato dal vento caldo del
mattino, ripensava con amarezza a tutto quello che
aveva perduto. E a come gli sarebbe stato impossibile, ormai, riconquistarlo.

Al tocco preciso della mezza era di ritorno alla
conservatoria. Prima che potesse varcarne la soglia,

si sentí sfiorare un braccio e, voltandosi di scatto, si trovò davanti un individuo dalla pelle nera, di piccola taglia, gli occhi obliqui iniettati di sangue. Indicava un'elegante carrozza parcheggiata giusto accanto all'ingresso del palazzo, e faceva cenno di montarvi a bordo.

– Non ho il piacere di conoscervi, signore.

L'uomo nero scosse la testa e tornò a indicare, con estrema decisione, la carrozza. Emiliano allargò le braccia.

– Vi ho già detto... – prese a dire, irritato.

Ma il nero lo interruppe, cacciò dalla tasca della stretta giacca un foglio e un lapis, e vi scrisse sopra qualcosa. Poi porse la carta a Emiliano.

– Padrone... ah, capisco, voi volete portarmi dal vostro padrone.

Quello annuí con forza.

– Temo che anche il vostro padrone mi sia sconosciuto, – replicò Emiliano, sullo stesso tono di prima.

– Direi proprio che ti sbagli, amico mio.

La voce, carica di sarcasmo, veniva dal predellino della vettura, dove si era appena materializzata l'esile, sogghignante figura di Gualtiero Lancefroid.

IV.

Gualtiero non gli lasciò il tempo di riprendersi dalla sorpresa, e tantomeno quello di assaporarla.

– So perché sei andato alla conservatoria, – esordí, mentre la carrozza filava veloce. – Per cercare il taccuino di Tobias. Be', posso assicurarti che ho rivoltato tutto il materiale in sequestro. Quel dannato libriccino non c'è.

– Quando?

– Come?

– Quando hai rivoltato eccetera eccetera...

– Stamane.

– Ma se la conservatoria era chiusa!

– Una piccola donazione al patrimonio giudiziario, – sogghignò Gualtiero. – Volevo lavorare senza nessuno fra i piedi. A ogni buon conto, se il taccuino non è stato sequestrato, restano solo due alternative. Uno: El Diaul, quello vero, è stato piú abile di noi, e a quest'ora di quel prezioso crogiolo di informazioni non resta che cenere. Due: il taccuino è sfuggito alle perquisizioni e si trova ancora nella baracca del pittore. Ed è appunto là che siamo diretti.

– Gualtiero, io vorrei...

– Non è il tempo delle parole, mio caro maggiore. Per strani giri che non sto a dirti, la tua lettera mi è pervenuta appena pochi giorni or sono. Mi sono affrettato a fare ritorno a Torino. Sono contento di sapere che non hai perso del tutto il senso della giustizia. Ma avremo tempo di occuparcene. Prima troviamo quel taccuino e meglio è per tutti.

La leggenda nera del Diaul aveva tenuto il popolo lontano dalla casa di Tobias Zevi. Nessuno aveva osato varcare quella soglia maledetta, e l'interno era in ogni dettaglio come i due amici lo ricordavano: se si faceva eccezione, beninteso, per la stirpe dei ratti che se ne era impadronita, e della quale Emiliano e Gualtiero, spalleggiati dal taciturno, spietato cocchiere, faticarono non poco a liberarsi, prima di potersi dedicare alla ricerca del prezioso documento.

Ma era destino che fosse una ricerca vana. Di quella che era stata la fortunata vita professionale di Tobias Zevi, prima che la calunnia e l'ingiustizia degli uomini si abbattessero su di lui, restavano quattro tele sfondate, barattoli di vernice secca, una tavolozza dai colori tristemente raggrumati, indumenti coperti di polvere dei quali le mandibole dei roditori avevano fatto scempio. A quanto pareva, i carabinieri reali avevano fatto un ottimo lavoro, prelevando tutto ciò che d'interessante poteva esserci. Un ottimo lavoro, sí: ma in quel momento suonava come una condanna senza appello.

Poi accadde qualcosa. Con una sorta di ruggito selvaggio, il piccolo cocchiere dagli occhi obliqui estrasse da una tasca invisibile un corto pugnale dalla lama ricurva, e con un elegante, rapidissimo movimento, lo scagliò verso un punto preciso della stanza. Echeggiò uno squittio straziante. Il cocchiere sorrise e andò a recuperare l'arma. Aveva crocifisso al pavimento un enorme ratto dai lunghissimi baffi, che aveva appena osato riaffacciarsi.

Emiliano, suo malgrado, rabbrividí. Gualtiero gli batté sulla spalla.

– Laurent è fatto cosí. La violenza fa parte della sua natura. Sai che lui e Jacques sono fratelli?

– Ma se Jacques è un colosso e lui...

– Stesso padre, diverse madri. Ah, le meraviglie della natura! O, per meglio dire, della scienza: la combinazione degli elementi. Un giorno saremo in grado di padroneggiare tutto questo, di intervenire sulla formazione degli esseri umani, dico, sin dall'origine.

– Ma è mostruoso!

– Dici? I coltivatori già selezionano le varie specie, incrociandole fra loro. Perché limitarsi, chessò, ai cani, quando la scienza potrebbe consegnarci magnifici esemplari della razza umana? Pensa a quante malattie che oggi ci tormentano potrebbero scomparire. Laurent, per esempio, è muto dalla nascita a causa di una malformazione della glottide. Ebbene, quando sarà possibile diagnosticare una simile anomalia sin dal momento in cui il feto è in formazione, allora si potrà...

Laurent lasciò partire un cachinno sarcastico. Gualtiero alzò le mani, in segno di resa.

– Non insisto, amico mio –. Poi, rivolto a Emiliano, spiegò: – Laurent pensa che la parola abbia un effetto dannoso sugli esseri umani. Preferisce affidarsi al pugnale.

Il nero annuí vigorosamente.

Emiliano continuava a fissare la carogna del ratto.

– Su, – esortò Gualtiero, – cerchiamo ancora. Non dobbiamo rassegnarci.

– Il ratto, – esclamò Emiliano, – da dove è uscito?
Gualtiero afferrò subito l'intuizione.
– Ma certo! Doppiofondo. Ripostiglio segreto.
Certo!
Laurent, con un grugnito, indicò una minuscola
crepa, a livello del pavimento.
Si avventarono. Emiliano picchiò sulla parete circostante. Suonava a vuoto. Laurent prese dalla vettura una piccozza e con due colpi ben assestati aprí
uno spazio sufficiente.
Sette paia di occhi li fissarono. Sopra una coperta
ripiegata c'erano mamma ratta e i suoi piccoli. Laurent mise mano al coltello. Emiliano fece segno di
no con la testa. Laurent fissò Gualtiero. Pure il medico fece cenno di no. Il nero, deluso, ripose la lama.
I ratti, come avessero compreso il segreto linguaggio umano dei segni, si allontanarono in fila indiana.
Gualtiero entrò nell'antro, turandosi il naso. Ne
riemerse brandendo un libriccino dalla copertina nera.
– Eureka! – Poi prese a scorrerne le pagine, e l'entusiasmo si fece presto delusione. – È evidente che
il nostro pittore usava un linguaggio cifrato. Credo
di aver capito che i nomi e le cifre, cioè il prezzo di
ogni singolo ritratto, siano in codice. Per quanto
mi riguarda, ho una certa pratica in materia, avendo collaborato anche con… diciamo… – aggiunse
Gualtiero, abbassando la voce, – certe agenzie go-
vernative… e tuttavia, mio caro amico, siamo di
fronte a una difficoltà del tutto imprevista: sia le
lettere che i numeri sono in lingua ebraica. E si tratta di una delle poche lingue che non padroneggio.
Ma possiamo mostrarlo a Tobias. Sarà lui stesso a
fornircene la chiave.

– Non sarà semplice, – disse Emiliano, e raccontò
la sua visita al manicomio.

– Comunque, tentiamo, – fu il laconico commento di Gualtiero.

v.

Lasciata la baracca di Tobias, si precipitarono al regio manicomio. Qui ebbero modo di toccare con mano l'indiscutibile potere di cui sembrava godere il conte di Cavour: fu Bonacossa in persona a dir loro che proprio quella mattina, con ordine straordinario a firma del re, Tobias Zevi era stato trasferito dal reparto giudiziario a quello ordinario.

– Ma dubito che ne caverete qualcosa. Quel povero disgraziato è stato sottoposto a ogni genere di sevizie.

Gualtiero sbuffò, indignato.

– Lo credo bene! Se n'è occupato quell'asino di Lampada, vero?

– Venite, vi accompagno in medicheria, – si offrí Bonacossa, senza nascondere un sorrisetto compiaciuto.

Furono scortati in un locale ampio, ben illuminato, che odorava di pulito. C'erano quattro letti. Tre erano vuoti. L'ultimo era occupato da Tobias Zevi.

Lavato, sbarbato, ripulito dalle croste, fornito di abiti dignitosi, il pittore sembrava aver riconquistato una parvenza di dignità umana. Ma in Gualtiero, che lo aveva lasciato attonito eppure combattivo sul banco degli imputati, lo spettacolo miserevole che offrivano la sua spaventosa magrezza e quegli occhi spenti mosse un sussulto di furia.

– È indecente! Indescrivibile! Lampada è un boia,
non è degno di chiamarsi medico. L'intero sistema
giudiziario e manicomiale è indegno di una nazione
civile. Dovresti parlarne a Cavour, Emiliano, lui che
vaneggia di un Piemonte faro di civiltà.

– Sono assolutamente d'accordo con voi, esimio
collega, – gli fece eco Bonacossa.

I due medici attorniarono Tobias e cominciarono
a tastarlo, scrutarlo, tempestarlo di domande. Presto
si accese fra loro una disputa.

– Ergoterapia! È necessario che gli procuriate
un'occupazione.

– Ma se non si regge in piedi! È denutrito. Lo
hanno sfinito di salassi.

– Sí, ma è stato legato alla catena per mesi interi.
Il tono muscolare è depresso, il moto è ciò che occorre. Moto, e distrazione. E lunghi colloqui per recuperare il senso della realtà.

– Sicuro, ma in una seconda fase, collega. Per
adesso…

– Non abbiamo tempo per una seconda o terza
fase, collega! Subito, si deve agire subito!

– C'è il rischio che si richiuda ancora di piú in sé
stesso.

– Questo lo vedremo. Vi ricordo che Esquirol, a
Charenton…

– E io vi rammento che Pinel, nelle stesse circostanze…

– Be', che dire allora di Madrugada…

Mentre Gualtiero e Bonacossa si accapigliavano
su principî e applicazioni della scienza alienistica,
Tobias Zevi, in apparenza indifferente, tormentava
con un moto ossessivo delle dita il lenzuolo, ora co-

prendosi il volto, ora portandone un lembo alla bocca, come per morderlo. Emiliano aggirò i due luminari e si chinò su di lui. Gli mostrò il taccuino e, col tono piú delicato, gli chiese di aiutarli a decifrarlo.

– Ma cosa fate? Siete impazzito? – insorse Bonacossa, strappandogli di mano il libriccino. – Volete procurargli un mancamento?

– Al contrario, – reagí pronto Gualtiero, impossessandosi a propria volta del taccuino, – lo scossone potrebbe essere benefico –. E con estrema decisione sedette sul letto e sventolò le pagine sotto gli occhi di Tobias. – Sono certo che qua dentro ci sia il nome dell'uomo che vi ha fatto tutto questo, Tobias Zevi. Voi ora ce lo direte, e l'incubo finirà.

Il pittore fissò il taccuino, poi il suo sguardo abbracciò quei tre visi chini in speranzosa attesa. Infine, con un gesto secco, si coprí la faccia.

– Che vi avevo detto? – trionfò Bonacossa, – non è ancora pronto.

– Ma noi non abbiamo tempo! – protestò Gualtiero, smarrito.

– Forse c'è una persona che può aiutarci, – disse Emiliano.

Un'ora dopo il taccuino era nelle mani di Isacco Artom, il segretario di Cavour.

Fu naturale, cosí, ritrovarsi nell'eccentrica casa di Gualtiero, sulla via delle colline. Artom aveva promesso di fornire una traduzione nel piú breve tempo possibile, e Gualtiero aveva lasciato Laurent di guardia davanti al gabinetto dell'illustre personaggio.

Tutto era come allora, pensava Emiliano, sbocconcellando un gustoso popone di Siria, tutto. L'ampio salone dalle vetrate spalancate per lasciar penetrare i dolci effluvi della sera d'estate, Gualtiero che passeggiava avanti e indietro, incapace di dominare l'ansia, e ora tirava qualche boccata da una pipa tirolese di schiuma, ora pizzicava distratto le corde dello Stradivari.

Tutto. Meno Naide.

Emiliano, col pretesto di darsi una rinfrescata, aveva di fatto perquisito la casa all'unico scopo di cercare tracce della sua presenza. Ma invano. Non solo non c'era nessun segno di Naide, ma sembrava che nessuna presenza femminile onorasse la dimora del medico. Eppure, lei era partita con lui, per le Americhe, e tutto lasciava pensare che quei due...

Ma se Emiliano era troppo tormentato dai ricordi e oppresso dal senso del fallimento per formulare la domanda piú ovvia, «Dov'è Naide?», il silenzio di Gualtiero, che pure, grazie alle sue innegabili facoltà logiche, doveva aver intuito tutto, era inspiegabile.

A meno che, con spirito di vendetta, non si divertisse a giocare al gatto e al topo, ingegnandosi a tenerlo sulla corda.

O forse, era troppo concentrato sull'inchiesta per lasciarsi distogliere da simili quisquilie.

Ma la donna che ami può essere considerata una quisquilia?

Perché se due persone partono insieme, e vivono insieme, che cos'altro può legarle se non l'amore?

Fra Emiliano preda di cupe riflessioni e Gualtiero ostaggio della sua indecifrabilità, il clima si fece presto pesante, ed entrambi accolsero con sollievo l'arrivo di Laurent. Quando il piccolo nero mostrò il taccuino e gli appunti di Artom, il medico e il carabiniere se li strapparono letteralmente di mano. Poi Emiliano, ricordando che, oltre alla traduzione dall'ebraico, si doveva anche decifrare il codice, cedette, e si rassegnò a una nuova, estenuante attesa.

Gualtiero afferrò il tutto e sedette alla scrivania.

– Allora... uhm... Lambda... Asseyez... non è poi cosí difficile, uhm... 250... questo è il prezzo... sí, è tutto molto semplice...

In capo a dieci minuti, il mistero era risolto, e Gualtiero riemergeva, il volto acceso.

– Abbiamo cosí un elenco di nomi, i clienti di Tobias, le persone che lui ha ritratto... delle cifre non ce ne importa un fico secco, sono affari suoi. Ma questi nomi, adesso, li mettiamo a confronto con un'altra lista.

– Quale lista? – spiò Emiliano.

Gualtiero si gonfiò d'orgoglio, bevve un sorso di vermut – aveva provveduto, nel frattempo, il silenzioso haitiano a versarlo nei calici – e spiegò.

– Ricorderai che El Diaul indossava quel particolare mantello di colore blu scuro. Ricorderai che io posseggo un elenco di coloro che avevano acquistato un mantello di quel genere. Ricorderai che ho cercato di ricostruire le vite di costoro attraverso una faticosa ricerca, che, detto per inciso, non è approdata a nulla. Ma ora gli elenchi sono due. E noi li incrociamo. E io credo... no, sono certo che avremo il nome. Deve esserci qui dentro un individuo che ha comperato un mantello e poi si è fatto ritrarre da Tobias. Nel suo studio ha incontrato il povero Giacomo, l'uomo dal labbro leporino, e da lí è nato il primo degli anelli di quella che avevo definito, ricordi, doppia catena causale. Diaul, la tua fine è vicina! Prendi questo.

Gualtiero gli consegnò una lista. Conteneva i nomi degli acquirenti dei mantelli. Il medico trattenne per sé gli appunti di Artom. Cominciarono il controllo.

E trovarono un nome.

Pasquier.

Il vecchio duca che Emiliano, due anni prima, aveva visto litigare furiosamente con Cavour.

Pasquier, uno dei capi del partito reazionario.

Si era fatto confezionare un mantello come quello indossato dal Diaul. E aveva commissionato un ritratto a Tobias Zevi. Non il suo ritratto, ma il ritratto di una persona non identificata.

– El Diaul, – tagliò corto Gualtiero.

– Non può essere lui, – considerò Emiliano, dopo aver controllato e ricontrollato per l'ennesima volta gli elenchi, – Pasquier è un vecchio cadente, con un piede nella fossa. Non ha il *physique du rôle*.

Gualtiero chiese all'amico di tacere, afferrò lo Stradivari e ne trasse una sequenza stridula di note che parevano accatastate a caso. La penosa esibizione durò interminabili minuti, poi il medico accantonò lo strumento e, senza una parola, prese congedo dall'amico.

– Cerca di riposare. Domani sarà una giornata impegnativa.

VI.

La mattina successiva Gualtiero era di umore eccellente.
– Vedo la luce, amico mio. È tutto chiaro. Se non
fossimo alle prese con eventi tragici, mi verrebbe da
dire «un chiaro gioco matematico». Si tratta solo di
apportare una piccola variante alla mia ormai compro-
vata teoria della doppia catena causale. L'Impresario
non si è imbattuto nel Diaul quando costui aveva già,
diciamo cosí, arruolato l'uomo dal labbro leporino.
L'Impresario ha *creato* il contatto con entrambi. E
ciò è accaduto per la semplice ragione che fra l'Impresario e El Diaul c'è un legame piú antico, che af-
fonda radici in un passato comune. Solo in seguito
l'Impresario e insieme a lui El Diaul hanno conosciuto l'uomo dal labbro leporino. E da lí è nato il
piano. Se solo avessi piú tempo... ma quando questa
vicenda sarà conclusa, mi riprometto di ricavarne un
breve e affilato saggio sulle possessioni concatenate.
Emiliano avrebbe volentieri condiviso l'entusiasmo dell'amico, ma si sentiva uno straccio. Quella
notte non aveva chiuso occhio. Nel corso di una de-
fatigante elucubrazione che lo aveva accompagnato
sino alle prime ore del mattino, dopo aver scartato
tutte le possibili varianti, era giunto a un bivio: Pasquier poteva essere l'Impresario, ma poteva anche

essere innocente. Se Pasquier era realmente il capo di una congiura reazionaria, l'Impresario che non aveva esitato a servirsi di una coppia di psicopatici per i suoi luridi scopi politici, smascherarlo gli avrebbe portato onore e fama, e, non trascurabile particolare, lo avrebbe rimesso in pace con la propria coscienza. D'altro canto, proprio il contesto politico non autorizzava previsioni rosee: e se Cavour gli avesse ritirato il proprio appoggio? Se la maledetta politica avesse deciso che non si doveva perseguire un cittadino cosí nobile e potente?

Ma c'era l'altra possibilità. Che tutto fosse frutto di un colossale abbaglio. Pasquier aveva un'amante. Manteneva segreta l'identità della donna, o dell'uomo, per il cui ritratto aveva pagato il pittore, per tutt'altre ragioni. E loro rischiavano, dunque, non solo una figuraccia, ma la catastrofe.

Dopotutto, non avevano uno straccio di prova. Soltanto deduzioni. E per quanto brillante potesse essere la mente di Gualtiero, non si vincono i processi con le deduzioni.

– E poi, Gualtiero, che diavolo gli raccontiamo?

– Lascia fare a me. Sono un collezionista d'arte, e per un mio ghiribizzo sono interessato ai quadri di quel pittore... come definirlo... maledetto, sí, maledetto. Sono venuto a sapere che l'eccellentissimo marchese...

– Duca.

– ... l'eccellentissimo duca, grazie per la precisazione, Pasquier ne possiede un esemplare e offro una cifra considerevole per entrarne in possesso. Come è naturale, prima voglio accertarmi che si tratti di un autentico Tobias Zevi, e quindi...

La carrozza procedeva lenta, ostacolata dal traffico di una mattina di fine agosto. Molti nobili e agiati borghesi avevano già fatto rientro in città, in quell'agosto che le vicende della guerra avevano reso tristemente indimenticabile. E quanto al popolo, il concetto di vacanza non lo conosceva.

– Non la berrà. È un vecchio altero e stizzoso, un autentico...

– Ci sarà inoltre d'aiuto interpretare il suo atteggiamento. Lo guarderemo negli occhi e capiremo. E agiremo.

– Non ci riceverà nemmeno.

– Oh, basta con questi dubbi, per l'amor di Dio! Alla peggio, possiamo contare su questa.

Emiliano si ritrovò fra le mani una pistola dalla lunga canna e dal calcio in madreperla bianca. Non aveva mai visto niente di simile. Gualtiero, con il consueto tono saccente, spiegò che si trattava di una pistola Colt Walker a tamburo, e ne illustrò il funzionamento.

– Una vera meraviglia della tecnica, amico mio. Puoi sparare sei colpi di fila, e io credo che tu abbia avuto modo di fare la sua conoscenza.

Emiliano annuí, e raccontò che qualche mese prima, giusto pochi giorni avanti la carica di Pastrengo (come gli sembrava lontana, ormai, quell'epoca!), Negri di Sanfront aveva ricevuto un commerciante d'armi, tal Marazza, lombardo, che gli aveva illustrato certi nuovi modelli americani, proponendone l'acquisto ai carabinieri reali. Negri aveva risposto che ci avrebbe pensato. In un momento successivo, gli aveva confidato che analoghe tecniche erano allo studio di bravi artigiani locali. Ma alla fine, aveva aggiunto, nessuna nuova arma potrà mai sostituire una buona, vecchia sciabola e un buon, vecchio pugnale.

– E invece la scienza avanza, checché se ne dica, – commentò Gualtiero, sprezzante. – Come credi che El Diaul si sia sbarazzato degli austriaci, lassú a Pian del Co'? A mani nude? Oh, no! Lui ha usato una di queste pistole. In America, grande paese, sono in libera vendita.

– Secondo te, El Diaul è andato sino in America?

– Ne sono sicuro.

– E perché l'avrebbe fatto?

– È semplice. Per uccidermi.

Emiliano era ormai avvezzo alle sparate del suo originale amico, ma stavolta sembrava proprio che Gualtiero avesse varcato il sottile confine che separa il genio dalla follia.

– Adesso basta, Gualtiero. Non è il momento di scherzare.

– Ma io non scherzo. Sono serissimo. El Diaul mi ha seguito sino a New York, prima meta del mio viaggio, perché solo io potevo smascherarlo. Ho avuto la netta sensazione, una sera, uscivo da un grande teatro, che fosse pronto a colpire, proprio in quell'istante... me la cavai alquanto brillantemente fingendomi ubriaco e insultando una guardia. Passai una notte in gattabuia, e la mattina dopo me ne andai a Baltimora, inventandomi un lungo giro per depistare il mio inseguitore.

– Se è vero quel che tu dici, – osservò Emiliano, dopo una lunga pausa, – allora anch'io ero in pericolo.

– No, mio caro, tu *sei* in pericolo. Preciso: non lo eri due anni fa, quando hai ceduto alla versione ufficiale che ha distrutto la vita di quel poveraccio, ma adesso è tutta un'altra storia. Che cosa ti ha detto quando vi siete incontrati a Pian del Co'? Che sarebbe stato lui a decidere quando...

– Non ha senso. Poteva uccidermi allora.

– Non ha senso per una persona comune. Ma lui è tutt'altro che una persona comune. Diciamo che è un giocatore, – concluse Gualtiero, e si mise a caricare con cura la sua pipa, abbandonando Emiliano al suo sconcerto.

Intanto, Laurent aveva arrestato di botto la carrozza.

Una mano guantata picchiò al finestrino. Gualtiero e Emiliano si sporsero. Un ufficiale dell'alta polizia governativa in uniforme fece loro cenno di invertire la marcia.

– Dobbiamo raggiungere palazzo Pasquier, – spiegò Emiliano.

– Mi dispiace. Ordini superiori. La zona è interdetta.

Emiliano si qualificò e l'ufficiale autorizzò il passaggio.

– Ho un brutto presentimento, – sussurrò Gualtiero.

VII.

L'assassino era penetrato dalla carbonaia e da lí, infrangendo un paio di serrature, aveva raggiunto l'appartamento padronale. Sorpreso da Manetti, il vecchio servitore che oltre al duca era l'unico inquilino dello stabile, l'aveva sgozzato con una stilettata che gli aveva segato la gola da parte a parte. Il rumore della lite aveva risvegliato il padrone. Vistosi scoperto, l'assassino aveva attaccato Pasquier, ferendolo con un primo colpo. L'anziano duca aveva fatto in tempo a sfoderare la lama del bastone animato dal quale non si separava mai, e a colpire. L'assassino, ferito ma non mortalmente, aveva vibrato un secondo colpo, questa volta fatale, ma nell'impeto era andato a schiantarsi contro la lama, rimanendo a sua volta ucciso.

– È tutto chiaro. Una vera tragedia, non credete?

Emiliano e Gualtiero fissarono il comandante dell'alta polizia, accorso sul luogo di quel clamoroso delitto, e si astennero da qualunque commento.

Tutto chiaro, già.

A parte due particolari.

L'assassino aveva il labbro leporino.

Dalla pinacoteca del duca Pasquier mancava un quadro.

Uno solo.

I due amici salutarono mormorando parole di sdegno all'indirizzo del colpevole e di rammarico per la nobile figura della vittima altolocata (non era il caso di abbandonarsi ad analoghe espressioni per un umile servitore) e, lasciato Palazzo Pasquier, si precipitarono dal conte di Cavour. Dovettero attendere due ore prima di essere ricevuti. Per tutto quel tempo, Emiliano fumò un sigaro dopo l'altro, sino ad averne la nausea, mentre Gualtiero se ne stette sprofondato in una poltroncina, gli occhi semichiusi, il volto pallido, il respiro quasi impercettibile. Quando infine l'uscio dello studio privato di Cavour si aprí, Gualtiero investí con un torrente di parole il conte e Artom, che era al suo fianco. Terminata la sua allocuzione appassionata, si fece silenzio. Cavour scambiò un'occhiata con Artom, poi inalberò una curiosa espressione napoleonica, mano sul cuore e cipiglio severo.

– Se ho ben capito, dunque, secondo voi il defunto Pasquier era a capo di una congiura. Egli conosceva l'identità del Diaul e se ne serviva per seminare il panico, pagando, nel contempo, quel disgraziato dal labbro leporino per eccitare la pubblica opinione. Che prove avete di tutto questo?

Gualtiero estrasse dalla tasca due foglietti e li porse a Cavour.

– Un esemplare degli stampati diffamatori e un invito al gran ballo di mezza estate. Notate qualcosa?

– La carta sembra la stessa, e anche i caratteri.

– Infatti. Ed escono entrambi dalla medesima stamperia. La stamperia reale. Per questo non riuscivamo a identificare gli autori. È stato Pasquier a organizzare tutto. Chi meglio di lui poteva accedere a un luogo cosí riservato e nello stesso tempo cosí pubblico, come la stamperia reale?

Cavour e il medico si misurarono per un lungo istante. Nessuno dei due abbassò lo sguardo. Poi Cavour lasciò cadere i foglietti con un moto negligente.

– Come spiegate che l'uomo dal labbro leporino abbia ucciso...

– Non l'ha ucciso! È stato El Diaul!

– A quanto mi dicono, invece, l'uomo dal labbro leporino è penetrato in casa di Pasquier e...

– Sciocchezze! L'uomo dal labbro leporino ci viveva, dentro quella casa. E ha tentato sino all'ultimo di difendere il suo padrone, verso il quale nutriva una cieca venerazione. Il Diaul li ha uccisi tutti e due e ha portato via l'unica prova della sua esistenza: il ritratto.

– E perché avrebbe dovuto farlo?

– Perché io, se avessi visto quel ritratto, lo avrei riconosciuto.

– Ne siete certo?

– Assolutamente!

– Devo dunque presumere che voi siate a conoscenza dell'identità di colui che si fa chiamare El Diaul... – osservò il conte, con un'occhiata distratta.

Gualtiero fu colto di sorpresa.

– Ma cosa dite! Io...

– Siete voi che avete detto, non io, – puntualizzò Cavour.

– Ma io intendevo argomentare che per deduzione logica...

– Certo, certo, – ironizzò Cavour.

Gualtiero si astenne dal replicare, sotto lo sguardo perplesso di Emiliano. Non era consueta, tanta arrendevolezza.

Cavour scambiò un cenno d'intesa con Artom, e si concentrò sulla punta degli stivali.

– La teoria che proponete è indubbiamente brillante. Purtroppo, ho qui un'esaustiva relazione ufficiale dell'alta polizia che racconta cose diverse. E a quella intendo attenermi.

Questa volta fu Emiliano a intervenire. Nella sua voce vibrava un amaro sarcasmo.

– È chiaro, conte. La congiura è stroncata per sempre, e dunque non c'è piú motivo per rivelarla al popolo.

– Vedo che cominciate a ragionare, – si complimentò Cavour.

– Peccato che da tutto questo quel povero innocente che langue in manicomio non ne tragga grande profitto.

– Mi aspettavo quest'obiezione, e sono preparato a pararla, maggiore. Ho il piacere e l'onore di comunicarvi che l'iter per la concessione della grazia è già stato avviato. Presto, molto prima di quanto voi pensiate, Tobias Zevi sarà nuovamente un uomo libero.

– La grazia si concede ai colpevoli, conte.

Cavour sorrise, poi di colpo tornò serio.

– Prendete il Diaul e anche questo piccolo problema sarà risolto. Deduzioni logiche o no, è affar vostro, signori, non mio.

Si ritrovarono in carrozza. Emiliano con le guance accese di sdegno, imprecazioni contro la maledetta politica sulla punta delle labbra. Gualtiero immerso in un cupo rimuginio dal quale rialzò il capo solo per ordinare a Laurent, con un grido insolitamente chioccio, di arrestare la vettura all'altezza di un magazzino che vendeva tele e colori. Uscí nell'aria calda del primo pomeriggio seguito da Laurent e si trattennero alcuni minuti nella bottega, facendo ritorno carichi di pacchi di ogni dimensione.

– Al manicomio, presto!

– Ti è venuta un'altra idea? Vuoi spiegarmi?

– Cavour sarebbe un ottimo terapeuta. Sa scrutare nella mente umana, sa come estrarne i pensieri profondi e portarli in superficie. Io stesso non mi sono reso conto di quanto... finché lui non mi ha smascherato, non me, intendo dire, ma la trama del mio pensiero profondo.

Seguí una confusa spiegazione che Emiliano faticò a comprendere, data l'esposizione rapsodica e velocissima del medico. Provò tuttavia a individuare il bandolo. El Diaul aveva rimosso il ritratto dalla casa del duca per timore che Gualtiero potesse identificarlo. Gualtiero si era detto certo di questo. Ma, nel dirlo, aveva saltato un passaggio, o meglio, aveva giocato al buio. Perché un riconoscimento fosse possibile, Gualtiero doveva aver già incontrato El Diaul. Del che non c'era nessuna prova. Senonché, il fatto stesso che Gualtiero ne fosse cosí sicuro, unito all'altra sua certezza, che El Diaul l'avesse seguito in America per ucciderlo, era già, in un certo senso, e nel modo piú irrazionale, una prova.

– La prova che da qualche parte nel mio cervello si annida la vera identità del Diaul, la prova che io *so* chi è ma non riesco a connettere le due informazioni. Sono vasi che non comunicano, capisci? Bene. Cavour ha intuito questo groviglio, e con una battuta mi ha smascherato. È una vera fortuna che un uomo del suo valore stia dalla parte giusta. Pensa se

avesse consegnato il suo ingegno al crimine! Io so,
e so di sapere, ma non riesco a ricordare che cosa...
In passato mi sarei sottoposto a un esperimento alla
Mesmer, ma ormai una simile pratica è considerata
obsoleta, vi è il rischio troppo alto di falsificazioni.
Però io ho incontrato El Diaul. E se ne vedessi il ritratto... Ritratto, capisci? È questa la mia idea. Anche Tobias sa chi è. Si è chiuso nel suo mondo, ma
forse, con l'aiuto dei pennelli e dei colori...

Ogni volta che Gualtiero gli lasciava intuire gli
abissi della mente umana, Emiliano si sentiva cogliere da un senso di inadeguatezza. E subentrava
il panico. Quel pomeriggio, distrutto dalla fatica,
dalla delusione, dalla mancanza di sonno, reagí, invece, spegnendo la luce. Dormiva mentre Gualtiero convinceva Bonacossa a tentare l'esperimento
della pittura. Dormiva mentre si era ormai al vol-
gere del tramonto, e la carrozza risaliva i tornan-
ti della collina. Dormiva quando Gualtiero, colto
da ripensamento, ordinava di invertire la marcia e
tornare verso il centro città. Fu una risata femminile, una risata sensuale, che veniva dalla gola ma
sembrava partire da un'intimità molto piú profonda, a destarlo.

E fu cosí che, due anni dopo, poté nuovamente
contemplare il sorriso ironico di Naide.

Era come ritrovarsi in un sogno.

Naide accanto a lui, gli occhi fieri, i capelli raccolti in una lunga, originale treccia nera che lasciava
risaltare il lungo collo.

La curiosità degli avventori del caffè *Fiorio*, che in
nutrita schiera avevano riconosciuto la bella artista.

Naide che raccontava i due anni appena trascorsi «nell'incantevole Baltimora», il suono della sua magnifica voce appena venato da una sfumatura d'accento inglese.

Il gelato alla gianduia, la celebre mattonella, che si scioglieva languido nel piattino.

La decisione repentina di lei di abbandonare le scene. Le sue lodi incondizionate alla modernità americana. In due soli anni aveva perfezionato gli studi e reso concreti i suoi sogni.

Gli sguardi inquieti che si soffermavano sul tavolino dove sedevano i due fratelli haitiani, Jacques, il colosso dal cuore d'oro, e Laurent, l'ometto feroce.

Naide aveva coronato il suo sogno, e ora studiava Medicina. Sarebbe diventata medico anatomopatologo, una delle poche donne al mondo a poter frugare nella carne dei morti, l'unica in Italia. Dove l'esercizio della professione le era interdetto da leggi arcaiche.

– Per questo ripartirò presto. Come tu ben sai, la libertà è ciò che piú mi sta a cuore al mondo. Ma quando Gualtiero mi ha detto della tua lettera, non ho esitato. Passerò sopra alla maleducazione di chi non va a ricevere di persona una signora al suo arrivo in stazione a patto che tu mi dica tutto.

– Ma io non sapevo che saresti venuta! – protestò Emiliano.

– Dettagli. Su, racconta.

Il suo sguardo carico di autentica curiosità. E di qualcos'altro. Una luce indefinibile. Che, s'illuse per un istante, poteva facilmente essere scambiata per la passione di un tempo. Ma che passione poteva mai piú esserci? Lei era, con ogni evidenza, la donna di un altro. Di un amico. Ed è per evitare imbarazzanti spiegazioni, pensava Emiliano, che Gualtiero, accampando un pretesto qualsiasi, li aveva lasciati soli.

Cosí, con poche frasi, la mise al corrente delle novità.

Lei ascoltò, compunta. Poi si alzò, lo sfiorò con una carezza complice, richiamò Jacques e gli diede appuntamento per l'indomani.

Svanita, in un attimo, come in un sogno.

VIII.

Si rividero tutti e tre al Valentino. Naide, in un abito pudicamente chiuso al collo da un fermaglio al centro del quale brillava una splendida ametista, si proteggeva dal sole con un ombrellino. Pierre, l'attendente di Emiliano, li seguiva a pochi passi, tenendo per la cavezza un irrequieto Morgante. Jacques e Laurent montavano di guardia al manicomio, pronti a informare nel caso che Tobias Zevi avesse deciso di riprodurre le fattezze del Diaul.

Presero posto su una panchina all'ombra. Intorno fervevano i preparativi per l'ascensione della mongolfiera, prevista per quel giorno. Al tramonto, l'intrepida Madame Poitevin avrebbe staccato la sua ombra da terra per poi lanciarsi con un ampio fazzoletto di tela da duemila piedi d'altezza.

Gualtiero li mise al corrente delle riflessioni notturne.

– El Diaul si è liberato del suo manipolatore. E dunque, può essere che segua il suo *dáimōn*, continuando a uccidere donne a caso. Ma può anche essere che, per cosí dire, la congiura gli sia entrata nel sangue.

– Mi pare difficile, – obiettò Emiliano, che, nonostante le circostanze, era molto piú sensibile alla presenza cosí emozionante di Naide che alla caccia all'assassino. – Se cosí fosse, non avrebbe ucciso né Pasquier né l'uomo dal labbro leporino.

– Oh, no, al contrario, – s'inserí la bella signora, – è tutto molto logico. Quei due erano testimoni ingombranti. E lui non vuole essere preso, questo lo sappiamo già sin da quando eliminò Brunèl e la povera Rosín. Credo che dovremmo concentrarci su quella che voi chiamate congiura.

Gualtiero annuí, grave.

– Se le cose stanno come Naide e io pensiamo, si tratta di individuare il possibile bersaglio.

Naide e il medico si lanciarono in un'appassionata disamina delle varie opzioni.

– Pasquier odiava gli ebrei.

– Tipico dei reazionari.

– Gli ebrei sono collegati all'antica idea dell'usura.

– Origine storica. Maneggiavano il credito, attività ritenuta indegna dai cristiani.

– Ma lo facevano, appunto, in nome e per conto di costoro.

– Non rievochiamo la Storia, è tempo perso.

– Quando si mettono le idee in comune, niente è tempo perso.

– Classico modo femminile di interpretare il ragionamento. Occorre essere piú diretti, mia cara.

– Sciocchezze. Una linea di ricerca troppo essenziale rischia di farci perdere di vista un dettaglio fondamentale.

– Al contrario. Una ricerca troppo estesa diviene fatalmente una inutile ricerca generica, e rischia di farci perdere di vista il quadro d'insieme.

Emiliano smise di seguirli. Una passione davvero singolare legava quei due. Erano fatti per intendersi. Fatti l'uno per l'altra, se vogliamo. Era stato folle, da parte sua, provocare la conoscenza fra Naide e Gualtiero. Come averli gettati l'uno nelle braccia dell'altra. In fondo, non si era comportato molto diversamente dal loro grande nemico, l'Impresario. Anche lui aveva suscitato la scintilla tra due anime affini. E ne era rimasto folgorato.

Trascinato dal vagabondare dei pensieri, il suo sguardo si soffermò sulla mongolfiera. Il pallone stellato ondeggiava piano al flebile vento d'inizio settembre. La massiccia sagoma di Madame Poitevin si agitava, impartendo ordini a destra e a manca. La mongolfiera. Simbolo del progresso e dell'audacia umana. Volare in alto, sfidare le leggi fisiche della natura...

D'improvviso, tutto fu chiaro.

Emiliano balzò in piedi, e prese a indicare la spianata che fronteggiava il castello del Valentino.

– La mongolfiera! – esclamò, la voce strozzata. – Là! Colpirà là!

La conversazione fra Naide e Gualtiero s'interruppe. Entrambi volsero il capo nella direzione che Emiliano segnalava, mentre continuava ad affastellare mozziconi di frasi.

Non ci fu bisogno di spiegazioni. Colsero all'istante la corrispondenza.

– Emiliano! – proclamò Gualtiero, afferrandolo per le braccia con gesto teatrale. – Ecco un esempio di allievo che supera il maestro, ma che dico supera, che sbugiarda il maestro! Mentre noi eravamo impegnati in un'oziosa disputa sull'ermeneutica della scienza, tu ti sei attenuto all'insegnamento di Serendippo... hai lasciato che i tuoi pensieri ti prendessero per mano, *et voilà*, si è fatta luce!

Se davvero El Diaul aveva deciso di mandare avanti la congiura, avrebbe colpito durante l'ascensione. La congiura era contro il progresso. L'ascensione era il progresso. El Diaul avrebbe cercato in tutti i modi di fermare l'ascensione.

Decisero di separarsi. Si divisero i compiti. Gualtiero s'incaricò di avvisare del pericolo Madame Poitevin. Emiliano avrebbe ottenuto una scorta di carabinieri che, ai suoi ordini, avrebbero vigilato, senza perdere un istante, sul pallone aerostatico.

In quegli attimi concitati, si dimenticarono di Naide.

Nessuno si accorse del bel giovane dall'aria distinta, dai lineamenti fini, dal portamento aristocratico.

Solo un passante avanti negli anni, ignorante di teatri e musica, poté ammirare la grazia con cui si accostava a quella bellissima sconosciuta e le si rivolgeva con un inchino galante.

«Ecco che nasce un corteggiamento», pensò l'uomo, ripensando con nostalgia ai suoi verdi anni.

Poi, con una scrollata di spalle, riprese la sua strada.

IX.

Emiliano non ebbe difficoltà a convincere Negri di Sanfront, e poco prima del tramonto cinquanta carabinieri a cavallo fecero la loro comparsa sulla spianata, che si andava lentamente popolando della folla avida di assistere alla spettacolare ascensione e al lancio di Madame Poitevin. Altrettanti uomini in borghese, armati e dotati di fischietti, pronti a intervenire, erano disseminati in mezzo alla gente.

Quanto a Gualtiero, non aveva avuto altrettanta fortuna con Madame Poitevin. La bizzosa signora aveva ascoltato con sussiego la sua spiegazione, e respinto con sdegno la sua richiesta.

– Una scorta armata sulla navicella? *Jamais!* Solo io decido chi sale a bordo, e per quanto mi riguarda, l'equipaggio è al completo!

Dopo una lunga trattativa, l'aeronauta si era infine arresa, accettando una soluzione di compromesso: a due uomini, due soli, sarebbe stato concesso di stazionare nell'area di decollo, a pochi metri dal pallone. Ma *jamais* a bordo, questo era escluso.

– *Et enfin, monsieur,* – era stata la sentenza inappellabile di Madame Poitevin, – vedrete che non accadrà nulla. Chi potrebbe essere cosí pazzo da osare un attacco in mezzo a tanta gente? Un anarchico, forse, ma a quanto mi è dato di capire, questo vo-

stro... *diable* non è propriamente un anarchico. O
mi sbaglio?

Era evidente che nessun argomento avrebbe fatto
cambiare idea alla testarda signora. Gualtiero batté
in ritirata, e cosí lui ed Emiliano, mentre la cerimonia entrava nel vivo, si ritrovarono a cinque metri
dal pallone, tenuti a distanza di sicurezza dalla navicella da un formidabile schieramento di bruciatori,
manovratori, manovali e assistenti. Quanto a Madame Poitevin, si era ritirata nel camerino allestito
a due passi dall'area di sollevamento. Lí l'avrebbero raggiunta i due ospiti che aveva infine deciso di
accogliere a bordo. Sulla cui identità v'era un cosí
fitto mistero da autorizzare le piú svariate dicerie:
c'era chi sussurrava il nome del re in persona, chi
quello del baldanzoso Vittorio Emanuele, chi allu-
deva all'ambasciatore di Francia, chi, piú modesta-
mente, mormorava di un figlio e della sua adorabi-
le *fiancée*. Chiacchiere destinate al vento, poiché il
rigido cerimoniale, imposto dalla terribile Poitevin,
prevedeva che il mistero sarebbe stato disvelato soltanto all'ultimo istante, e cioè quando i due sconosciuti sarebbero saliti sulla navicella in procinto, per
cosí dire, di salpare.

A mano a mano che il momento dell'ascensione si
avvicinava, l'agitazione di Emiliano e Gualtiero cresceva. In verità, ancora una volta, stavano giocando
al buio. Sinora le loro intuizioni si erano rivelate giu-
ste, e tutte le profezie, purtroppo, si erano avvera-
te. Ma c'era pur sempre la remota possibilità che El
Diaul fosse lontano mille miglia. O che avesse deciso di non agire quella sera. O di non agire affatto. I
due amici cercavano di darsi sostegno a vicenda, ma

era come se uno strano turbamento si andasse impadronendo di loro, rallentandone i riflessi, offuscandone l'intelletto, paralizzandone la capacità di agire.

Se solo Tobias si fosse deciso a disegnare quel volto! Allora sí che avrebbero saputo chi cercare, in mezzo alla folla che andava montando e rumoreggiando di minuto in minuto.

Ma Laurent, di guardia al manicomio, non dava segni di vita.

E i carabinieri, per quanto si dessero da fare, non avevano nessuna idea del bersaglio da individuare.

Emiliano, poi, aveva un'altra ragione per essere quanto mai teso.

Naide.

La trattativa con Madame Poitevin aveva ottenuto due «ingressi», e Naide ne era dunque rimasta esclusa. In quel momento, lei doveva trovarsi in mezzo alla folla, affidata alla compagnia dell'erculeo Jacques. E sin qui, niente di strano. Lo strano era che quando era scoccata l'ora convenuta, e Gualtiero aveva spedito il gigante haitiano a prelevare Naide, gli aveva dato come indirizzo l'*Albergo della Vecchia Dogana*.

– Che cosa ci fa Naide alla *Vecchia Dogana*, scusa?

– Come che cosa ci fa? Ci vive.

Emiliano, troppo sorpreso per ricordarsi i doveri della discrezione, aveva incalzato l'amico.

– Ma non è a casa da te? Voi due non…

– Ma come ti viene in mente? Una signora in casa mia, pensa le maldicenze! Ma non se ne parla proprio! Anche a Baltimora lei viveva in un albergo e io in un altro. Ah, capisco… be', le cose non stanno come credi. Adesso poniamo fine a questa incresciosa faccenda, poi passeremo a occuparci dei sentimenti.

La reazione stizzita, il tono sibillino di Gualtiero... tutto questo aveva scatenato in Emiliano dapprima rammarico, poi speranza. Non era tardata ad
arrivare la vergogna.

Era rimasto preda di un colossale abbaglio?

Naide e Gualtiero non erano mai stati amanti?

Se non si fosse piegato a quell'ignobile farsa pro-
cessuale, lei sarebbe tornata da lui... allora... due
anni prima...

Una salva di cannone lo strappò ai suoi pensieri.

Sopraggiungeva la carrozza reale. Dalla folla si
levarono grida entusiaste. Per sua maestà era stato
allestito un palchetto montato su una struttura di ro-
busti pali di legno. Il re e la sua famiglia vi presero
posto, salutati da applausi frenetici.

Poi si fece silenzio, due inservienti portarono una
scala, Monsieur Poitevin vi montò su e cominciò a
parlare. La sua voce, baritonale e ben intonata, for-
mava un imbarazzante contrasto con l'aspetto comi-
co dell'omarino.

– Quello che qui vedete, altezza reale, nobili signori, signore, è un involucro, il pallone propriamente detto, che contiene l'aria riscaldata da questo bruciatore. Sinora vi abbiamo taciuto il nome di
questo prodigio della scienza. E lo abbiamo definito,
appunto, pallone aerostatico, mongolfiera... Da qui
in avanti siete autorizzati a chiamarlo, come facciamo Madame Poitevin e io, col suo vero nome: *Ulisse*.
L'esploratore. Il mezzo che aprirà nuovi, splendenti
orizzonti all'ingegno umano!

Due uomini dalla pelle scura, provenienti da due
diverse zone della città, facevano in quel momen-

to il loro ingresso nel parco e, cercando di aprirsi la strada nella calca, lottavano contro i buoni torinesi indignati per raggiungere il cuore della spianata.

Erano Jacques e Laurent. Ciascuno all'insaputa dell'altro portava notizie importanti, forse decisive.

Non impiegarono piú di una manciata di minuti a vincere la resistenza della muraglia umana, un tempo che dovette sembrare loro eterno.

Naide si osservò nello specchio che Madame Poitevin le aveva cortesemente messo a disposizione. I capelli racchiusi in una cuffia stretta, l'agile figura nascosta in un abito a dir poco eccentrico, giubba rigonfia e calzoni da uomo stretti in vita e larghi al tallone, muniti di ampie tasche, scarpe basse e tozze a mezza caviglia.

– Cosí vestiamo noi aeronauti, – disse Madame Poitevin, comparendo alle sue spalle.

– Pensavo che per noi donne ci fosse una tenuta diversa.

– Pensavi male, cara. Quando si è lassú non esistono né uomini né donne. Esiste soltanto la pura materia della quale sono intessuti i sogni. E il cielo, ovviamente. Ebbene, noi oggi renderemo quella materia realtà. Realtà viva e pulsante. Spero tu comprenda appieno il privilegio che ti è concesso.

– Di questo può star sicura, *madame*.

– D'altronde, non ne dubito affatto. Una donna come te, che ha osato sfidare secoli di pregiudizi… abbiamo qualcosa in comune, noi due. Non ci rassegniamo. È un'ottima cosa. Per noi donne e per l'intero genere umano, oso pensare. Bene, andiamo a controllare il nostro amico.

Seguita da Naide, Madame Poitevin si avviò verso il secondo camerino, bussò e, senza attendere risposta, spalancò la porta.

– Siete pronto, *monsieur*?

Il giovane, che si stava rimirando nello specchio, proprio come lei aveva fatto qualche istante prima, si voltò con studiata lentezza e rivolse alle due dame un profondo inchino.

Naide si chiese, ancora una volta, che cosa l'avesse indotta a fidarsi cosí d'istinto di quel perfetto sconosciuto. Non l'innata cortesia dei modi, e nemmeno la prestanza fisica. Piuttosto, erano state le parole con cui le si era rivolto a vincere ogni resistenza. Ripensò al loro dialogo con un sussulto di vanità.

«La signora Malarò? O dovrei dire, piuttosto, la dottoressa Malarò?»

«Lei come fa a...»

«A sapere della sua brillante avventura accademica? Le notizie viaggiano, quando si ha la curiosità di conoscere il mondo».

Le aveva mostrato una copia della «Baltimore Gazette» con l'articolo che celebrava *the brilliant Italian lady* che aveva superato la difficilissima prova di ammissione alla prestigiosa università del Maryland.

«Sono anch'io medico. Pierfederico Demorins, visconte di Orbassano, per servirvi».

«Ho l'impressione di aver già sentito il vostro nome...»

Lui aveva sorriso, amabile.

«Ho avuto l'onore di collaborare, in passato, con il vostro maestro, il signor Lancefroid».

«Ora ricordo! Quelle povere donne...»

«Già. Pensare che all'epoca eravamo entrambi convinti che fossero cadute vittime di bestie feroci. Non potevamo immaginare, Gualtiero e io, che dietro quello scempio vi fosse la mano di un malato».

L'ombra del Diaul l'aveva riportata al presente.

«Non vorrei essere scortese, ma temo di dover andare».

Lui aveva trattenuto per un istante la sua mano.

«Avete mai volato, dottoressa Malarò?»

E così Pierfederico l'aveva presentata a Madame Poitevin. Fra le due donne era nata una simpatia istintiva. Pierfederico, che in virtú di un'antica amicizia avrebbe preso posto a bordo dell'*Ulisse*, aveva suggerito a Madame Poitevin d'invitare anche Naide.

L'aeronauta si era rivolta direttamente a lei.

«Ve la sentite?»

«Non chiedo di meglio», aveva risposto, senza esitare.

«Allora, benvenuta a bordo, sorella mia».

E tra pochissimo, avrebbe volato!

– Ma quanto ci hai messo? Su, va' a cambiarti, ché siamo in ritardo!

Monsieur Poitevin rientrò in tutta fretta, salutò con un cenno brusco della testa, sopportò senza replicare le due frasi acide della moglie e si chiuse nel camerino.

Ne riemerse rapidamente. Indossava anche lui la stessa uniforme.

Né uomini né donne, pensò Naide, solo angeli nel cielo.

E mentre un rullo di tamburi esplodeva tutt'intorno, si avviò verso la sua prima ascensione.

Anche se il suo volto era seminascosto dalla cuffia, anche se i collaboratori di Madame Poitevin si frapponevano, ordinatamente disposti su due file, tra l'equipaggio e la folla, Emiliano riconobbe subito Naide. Prese a urlare e a sbracciarsi nel frastuono della ressa e nel rullare dei tamburi, ma inutilmente. Emiliano si girò verso Gualtiero. Negli occhi dell'amico lesse un identico, sincero stupore.

Giunta all'altezza della navicella, Madame Poitevin salutò sollevando il braccio destro e salí a bordo, seguita dal minuscolo consorte e dal giovane alto che teneva il viso piegato da un lato, come se temesse di essere riconosciuto.

– Conosci quel tipo, Emiliano?

– Non so chi sia.

– Ha qualcosa di familiare. Ma non riesco a...

Emiliano avanzò sino al limite segnato dagli inservienti, che presero a guardarlo in malo modo. Non se ne curò. Doveva vedere. Doveva capire.

Quando fu il suo turno, Naide ebbe un'esitazione, e si girò anche lei verso la folla in delirio. Fu in quell'istante che incrociò lo sguardo di Emiliano, e gli sorrise. Un sorriso lontano, un sorriso che abbracciava l'umanità statica che, nel suo volo, si preparava ad abbandonare. Emiliano si sentí ghermire il cuore da una morsa d'acciaio.

– Non mi piace! Non mi piace!

– Che vuoi fare?

– Devo andare da lei!

– Tu sei completamente...

Ma Emiliano non stava a sentire l'amico. Non sentiva lui, non sentiva le voci, non percepiva alcuno dei suoni che percuotevano l'udito degli astanti. Un comando imperioso gli imponeva di agire. Si avventò verso lo sbarramento, cercò di sfondarlo, senza risultato. Ritentò, fu di nuovo respinto e cadde a terra.

Ora l'equipaggio era a bordo. Il bruciatore pompava furiosamente gas nell'apertura dell'involucro, la cesta si stabilizzava, *Ulisse* si levava maestoso nella notte. A un cenno di Madame Poitevin, l'equipaggio di terra fece saltare il primo dei tiranti che ancoravano il pallone alla terraferma. La folla impazzí. Il pallone oscillò verso l'alto. Nuovo cenno di Madame, e anche il secondo tirante fu sciolto.

– *Monsieur! Monsieur!*

Gualtiero si voltò. Laceri e trafelati, Jacques e Laurent erano finalmente riusciti a raggiungerlo.

Il piccolo haitiano sventolava un grosso foglio, a malapena salvato dalla furia della folla, a giudicare dagli strappi.

– Il pittore... dice che quello è il ritratto... del Diaul, – esalò Jacques, sfinito.

Gualtiero afferrò il foglio.

Vide. Capí. Lasciò cadere il ritratto e si prese la testa fra le mani.

– Idiota! Sono un idiota! L'ho avuto sotto gli occhi sin dal primo momento! E Cavour mi aveva messo sulla strada giusta! Ma certo, chi se non lui?

Un nuovo urlo della folla salutò il distacco del terzo tirante. Ora soltanto un tratto di corda teneva legato *Ulisse* al suolo.

Gualtiero cercò con lo sguardo Emiliano. Si stava rialzando. Chiamò a sé Jacques e Laurent, lanciò un breve ordine, poi si precipitò da Emiliano.

– Il passeggero. È lui. El Diaul. Noi ti apriamo la strada. Vai!

A un cenno del medico, i due fratelli si scagliarono contro un sorvegliante della prima fila, chino per qualche ragione, forse per rinforzare i lacci dello stivale. L'impeto dell'assalto contemporaneo travolse l'uomo, che si abbatté al suolo, trascinando nella caduta il compare della seconda fila.

Sorpresi dall'attacco, gli altri sorveglianti ci misero qualche secondo a riorganizzarsi. Intanto, Jacques e Laurent menavano colpi all'impazzata.

La strada era libera.

Emiliano scavalcò i rissanti e si lanciò.

Riuscí ad afferrare la corda proprio mentre, con un urlo immenso, la folla salutava il distacco del quarto e ultimo tirante.

X.

– Chi è quel pazzo che si è attaccato al pallone?

– È Emiliano! È… io lo conosco! – urlò Naide, e si sporse dalla navicella, cercando il modo per aiutarlo a salire a bordo.

– Non è un buon motivo per mandare a monte la mia ascensione!

Madame Poitevin era fuori di sé. Con una manata energica ordinò al marito di sbarazzarsi di quell'intruso. Subito e senza esitazione.

– Ma mia cara, è contro la legge! Se gettassi via la corda adesso sarebbe omicidio!

– Be', allora tiriamolo su, questo maledetto impiccione, prima che questo viaggio diventi una rovina!

– Non credo che sia una buona idea.

Tutti si voltarono a guardare Demorins.

E inorridirono.

Il dottore si era liberato della cuffia, e al suo posto indossava una maschera d'argento dal lungo becco d'uccello.

– El Diaul! Voi siete…

Demorins sfoderò il pugnale, e lo puntò alla gola di Monsieur Poitevin.

– Prendete quella corda e gettatela di sotto.

L'ometto roteò gli occhi, esalò un sospiro disperato, e svenne.

– Che uomo inutile! – sbuffò Madame Poitevin, e si avventò contro El Diaul.

Ma El Diaul non era tipo da lasciarsi sorprendere cosí facilmente. Gli bastò un colpo di taglio, ben assestato, perché la moglie raggiungesse il marito nel regno dei sogni.

Si chinò per afferrare la corda, ma un'oscillazione gli fece perdere l'equilibrio.

Rischiò di perdere il pugnale, ma riuscí a recuperarlo all'ultimo istante.

E si ritrovò faccia a faccia con Emiliano.

Scartò, con una mossa agilissima, il suo primo affondo, e lo sgambettò mentre gli passava accanto.

La gamba ferita cedette sotto il peso del corpo, ed Emiliano cadde.

El Diaul si preparò a colpirlo.

Naide gli morse il braccio.

Con una semplice torsione, quasi un passo di danza, afferrò la ragazza per la vita, la fece girare davanti a sé, la tenne stretta nella sua morsa.

Emiliano si rialzò. Nelle sue mani era comparso il revolver che gli era stato donato da Gualtiero.

– Bene. Sparate pure. E io, con questo mio prezioso stiletto, taglierò la gola alla vostra bella: è un affare che non vi conviene, temo. Lasciate andare la pistola e ragioniamo.

– Non ragiono con chi si fa scudo di una donna.

– Una donna? Una strega, piuttosto! Il disonore del suo sesso! Un'emanazione diabolica! Costei ha la pretesa di frugare nei visceri dei morti, sapete, ma da che mondo è mondo una simile attività è giustamente interdetta alle donne. Le donne non sono state create per questo scopo! Le donne...

– Siamo state create perché un pazzo come te ci possa fare a pezzi, vero?

Demorins fece scorrere la lama. Un rivolo di sangue arrossò la gola di Naide.

Emiliano fece per avventarsi.

– Non un altro passo o questa volta andrò a fondo, – minacciò El Diaul.

– Naide! Sta' ferma!

– Date ascolto al vostro cavaliere, madamigella, – salmodiò El Diaul, – e la vostra vita potrà essere salva.

– Non credergli, Emiliano!

– Naide, ti prego…

Uno scossone agitò la cesta. Ma la presa del Diaul era troppo salda. Emiliano si sforzò di parlare con tono piano, conciliante.

– Ormai siete smascherato. Vi cercheranno per mari e per monti. Vi conviene arrendervi ora. Sarete curato. Vi dò la mia parola d'onore.

– Onore! – ridacchiò sprezzante l'altro. – È l'ultima parola che ha pronunciato quel vecchio caprone di Pasquier. Diceva, pensate, che non mi avrebbe aiutato a fare… tutto questo… intendo dire, fermare questo stupido pallone, dimostrare al mondo intero che non si possono sfidare le leggi eterne e immutabili della natura… irridere alla vostra «scienza», una parola che esito a pronunciare tanto è il disprezzo che mi ispira. E sapete perché si è tirato indietro? Perché alla cerimonia sarebbe stato presente il re! Ma cos'è un re? Un uomo come un altro. E quello che abbiamo non è certo il migliore.

– Il vostro progetto è riuscito. Avete mandato a monte la cerimonia. E non avete scampo.

– E chi vi dice che voglia averne, Saint-Just? Vi avevo promesso che avrei preso la vostra vita, ma date le circostanze, è una promessa che non sono in grado di mantenere. Prenderò un'altra vita al posto della vostra. La vita di questa spregevole sgualdrina. Poi sarete libero di spararmi. E di portare con voi nella tomba il rimorso!

– Naide! Nooo!

Emiliano chiuse gli occhi e si avventò. Che si compisse pure ciò che si doveva compiere, non poteva restarsene inerte osservatore. Non mentre gli portavano via ciò che piú amava.

E fu durante quel balzo, che in seguito avrebbe ricordato interminabile, fu quando le sue mani, che avrebbero dovuto serrarsi intorno alla gola del Diaul, le sue mani pronte a dare la morte, fu quando le sue mani afferrarono il vuoto che, con una parte di sé, percepí l'eco distinta di uno schiocco.

Un flebile lampo che per un istante sovrastò il clangore delle suppellettili impazzite nella cesta, il sobbollire della caldaia, l'ululato del vento.

El Diaul si accasciava lentamente ai suoi piedi, un'espressione incredula negli occhi spenti, un forellino al centro della fronte.

Naide singhiozzava, le mani sulla piccola ferita, ormai secca, alla gola.

Monsieur Poitevin, pallido come un morto, stringeva una pistola fumante, quasi scusandosi per averla dovuta usare contro un suo simile.

– Credo che, dato il contesto, questa mia azione sarà perdonata dalla giustizia…

Poi un sobbalzo piú violento li mandò tutti gambe all'aria.

– Il pallone è ingovernabile, – sussurrò Monsieur Poitevin, rimettendosi in piedi, – siamo saliti troppo in alto e ora stiamo scendendo troppo rapidamente.

Emiliano lanciò un'occhiata di sotto. La sagoma del Valentino si avvicinava a velocità impressionante. Il mutevole gioco delle correnti li aveva fatti girare in tondo. Possibile che fossero perduti? Era dunque destino che El Diaul cogliesse la sua vittoria?

– I paracadute! – esclamò Naide, che sembrava essere tornata ben padrona di sé.

– Stavo appunto per proporvelo, – replicò Monsieur Poitevin, con la consueta aria dolente, – ma sfortunatamente, ne abbiamo imbarcati soltanto due. Credo che dobbiate usarli voi, dopotutto vi abbiamo coinvolti in questa avventura, e...

– Non dire sciocchezze, Gustave! – Madame Poitevin era rinvenuta al momento opportuno, e si stava dando da fare con due enormi involucri di tela. – Non date ascolto a questo essere inutile!

– Ci ha salvato la vita! – insorse Naide.

– Be', non è una buona ragione per stare a sentire le sue chiacchiere. Ci lanceremo a coppie. L'ho già fatto a Charleroi, nel '45, ed è andata benissimo. Su, datemi una mano, non c'è tempo da perdere.

Fu mentre precipitavano, stretti l'uno all'altra, che Emiliano chiese a Naide di essere sua per sempre.

Lei gli sigillò le labbra con un bacio, un lungo bacio appassionato.

E in quel momento, a meno di seicento piedi d'altezza, i due paracadute si aprirono, e presero a planare dolcemente accompagnati dalla furiosa sarabanda dei cuori di mille torinesi in estasi.

Indice

p. 3   Parte prima
        1848. Primavera, estate

27   Parte seconda
        Autunno del 1846. Due anni prima

157   Parte terza
        Torino, agosto 1848

Questo libro è stampato su carta contenente fibre certificate FSC®
e con fibre provenienti da altre fonti controllate.

MISTO
Carta da fonti gestite
in maniera responsabile
FSC® C115118

Stampato per conto della Casa editrice Einaudi
presso ELCOGRAF S.p.A. - Stabilimento di Cles (Tn)
nel mese di settembre 2014

C.L. 22184

Edizione								Anno			
1	2	3	4	5	6	7		2014	2015	2016	2017